悟阅小说

王立 · 著

中国言实出版社

图书在版编目(CIP)数据

悟阅小说 / 王立著 . -- 北京 : 中国言实出版社，
2023.6

ISBN 978-7-5171-4495-3

Ⅰ.①悟… Ⅱ.①王… Ⅲ.①随笔—作品集—中国—
当代 Ⅳ.①I267.1

中国国家版本馆 CIP 数据核字 (2023) 第 104055 号

悟阅小说

责任编辑：佟贵兆
责任校对：宫媛媛

出版发行：中国言实出版社
    地　　址：北京市朝阳区北苑路180号加利大厦5号楼105室
    邮　　编：100101
    编辑部：北京市海淀区花园路6号院B座6层
    邮　　编：100088
    电　　话：010-64924853（总编室）　010-64924716（发行部）
    网　　址：www.zgyscbs.cn　电子邮箱：zgyscbs@263.net

经　　销：新华书店
印　　刷：成都市兴雅致印务有限责任公司
版　　次：2023年8月第1版　2023年8月第1次印刷
规　　格：880毫米×1230毫米　1/32　8印张
字　　数：177千字

定　　价：75.00元
书　　号：ISBN 978-7-5171-4495-3

序

作家余华在一九八六年一月九日给了我一封短信，掐头去尾后是：

> 此信目的是想告诉你一声，你县作者王海坤（按：王立）已经不错了。他寄给我一篇散文，我读了很感动。我觉得非常有前途。请你以后刮目相看，多多帮助他。

一九八六年的余华在国内已崭露头角，是全国著名的青年作家之一，真所谓风头正健，他能如此看好王立，足见王立在那时已经显露出他的文学才华，而王立的散文处女作就是余华推荐给《浙江工人报》副刊发表的。其实，那时我早就知觉王立潜藏的文学能量了，也在暗地里默默地为他使劲。

余华的信是发现，也是鼓励，对王立，也对我。

王立没有辜负余华的期望，这么多年来一如既往地努力读书，刻苦创作，在散文、小说、文学评论这几方面，差不多齐头并进，都取得了可喜的成果。

王立把他的文学评论结集为《悟阅小说》，他认为这是自己"悦读"的收获，不说"阅读"，而说"悦读"，是说他的阅读非常愉快，不是咬牙切齿地苦读，而是津津有味、赏心悦目，衣带渐宽不觉瘦地痴迷其中。于此，这么一册书就好解释了。

《悟阅小说》可说既是一部个人的阅读史，又是一部没有学院气的文学随笔集。无论是对博尔赫斯意义的追索，对玛格丽特·杜拉斯情感"泄洪"的剖析，还是对卡夫卡、海明威、卡尔维诺、福克纳、鲁迅、沈从文等大师的评述，王立都有他独到的见解。尤其让人感到亲切的是王立对我们身边的作家、作者的评论，他都能抓住要害，把话说到点子上，深中肯綮。例如，对余华《许三观卖血记》的主人公许三观"英雄"一面的阐述，对李森祥《小学老师》里"疏则千里密不透风"美学追求的揭示，都十分到位。让我惊讶的是王立对我的长篇小说《伴你到朗州》的分析。作者深藏其内的一些思想动机，甚至连作者自己也未曾意识到的深层意义，都在王立笔下一一昭示出来。比如，王立说："'伴你到朗州'，是陆忆菱对爱情的最终选择，这使得刘禹锡的天空一派明丽。爱情之于人生，如同理想之于现实，那种冲突所带来的困境，总是让人感到无奈，深深的无奈。"这话可以让人说是把准了这部小说的主题脉搏。

王立自十八岁开始文学创作，至今已走过三十多个年头。这么多年来，他虽然醉心此道，却未能全身心投入，白天的大好光阴只好消费在谋生上，毕竟衣食来源，这是谁也摆脱不了的。王立的可贵在于，虽业余写作但仍坚持不懈。我有时为一些很有前途的文学青年惋惜，因为这些青年在取得一定成绩之后突然金盆洗手了。但王立没有，始终坚守着，努力着。

张振刚

于癸卯仲春

（张振刚，浙江省作协会员、桐乡市作协名誉主席）

目

录

C O N T E N T S

外国小说

中国小说·一

网络小说

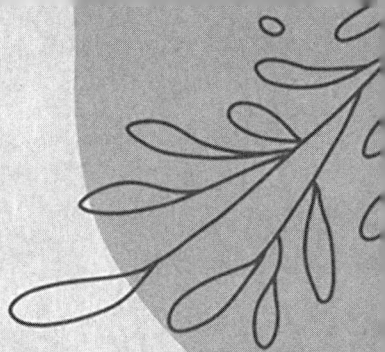

外国小说

博尔赫斯的意义

豪·路·博尔赫斯堪称"作家们的作家"。他对世界文学，尤其是小说创作的最大贡献在于叙述和语言的突破。第一次读他的《南方》《第三者》等小说时，我深为震惊。是的，博尔赫斯的叙述无疑是清晰的，甚至是透明的。然而，当我们跟着他的叙述一路走下来，以为找到了明确的答案时，博尔赫斯便和他的读者玩起了捉迷藏的游戏，事实已经改变，我们需要重新去找到出口。这就是博尔赫斯迷宫一般的小说，常常让作为读者的我们在这小说的迷宫里迷失方向，同时又使我们的阅读变得兴味盎然。

《南方》的故事情节非常简单。久病初愈的达尔曼去南方旅行，在一家小酒店吃饭时，受到当地几个雇工的挑衅，在这陌生的南方，达尔曼决定克制自己，一走了事。可是，事情的发展完全出人意料。当达尔曼准备起身离去、我们也以为这仅仅是达尔曼旅行中一件不愉快的小事时——酒店老板好意调解的一句话，明确了挑衅者与被挑衅者的对立关系。几个雇工中的一个脸像混血儿的家伙，对着达尔曼发酒疯，说着胡话、脏话，还要达尔曼与他决斗。更要命的是，旁边一个素不相识的老头儿，就在这时候给达尔曼抛过来一把亮闪闪的匕首。当达尔曼捡起这把匕首迎接决斗时，实际上是迎接忽然而来的死亡命运。博尔赫斯在这里笔锋一转，这样写道："如果说，达尔曼没有了希望，那么，他也没有了恐惧。"所以，当我们在小说的结尾，看到达尔曼紧紧地握着匕首出门向草原走去时，心中如同达尔曼一样如释重负。

同样，博尔赫斯的小说《第三者》也是让人不能忘怀。哥哥克里斯蒂安和弟弟埃杜阿多因为爱上了同一个风尘女子胡利娅娜，影响了这两个相依为命的兄弟感情，甚至产生了敌对情绪。为了维持亲情，兄弟俩把这个女子卖给了妓院。然而，他们依然无法摆脱这个折磨人的困境。当兄弟俩在妓院里不期而遇时，这个女人给他们带来的困惑已难以消解了。哥哥重新掏钱把这个女人买了回来。不幸的是，无辜的胡利娅娜最终成了兄弟亲情的祭品——哥哥把她杀死了。第三者是谁？我想不是胡利娅娜，而是兄弟俩心中的恶魔。如果说杀死这个女人才是兄弟俩的情感出路，那么这样的结局只能更加让人震惊和发人深思。

博尔赫斯的每一个故事，都不是"安分守己"的。他往往在平静的叙述中，给人以一种意外的冲击，就像涓涓细流一路而来，突然汇成壮观的瀑布，让人不由地为之惊喜为之惊叹。博尔赫斯对小说题材的艺术处理，以及小说的叙述技巧，达到了化腐朽为神奇、出神入化的最高境界。他以自己的小说实践告诉我们，"小说创作的最大技巧是无技巧"这句话不是真理，正如美国作家约翰·厄普代克所说的：博尔赫斯的叙述"回答了当代小说的一种深刻需要——对技巧的事实加以承认的需要"。

一年以前，当我读到博尔赫斯的文集《作家们的作家》时，这个出生于阿根廷布宜诺斯艾利斯的伟大作家和诗人，以其广博的知识、见解的独特、思维的敏捷，令我大为折服。他对于文学、文艺理论的研究，对于哲学、时间、现实的探讨，对于他所倾心的名家名作的分析等，无不独树一帜，让人耳目一新。我曾经读过他的《不眠的镜子》一文，他从镜子这种象征物看到了人与现实的关系以及人对现实的困惑，表达得十分精彩：

> 我从小就对现实的重影，以及现实如幽灵一般不断增殖的现象感到恐惧，这种感觉我是在镜子前得到的。镜子的这种确实无误、从不间断的作用监视着我的一举一动，也反映着宇宙的一切。每当夜色降临时，它们更是神奇莫测……我知道，我也总是十分不安地监视着它们。有时，我担心它们会超脱现实；有时，我又担心在镜子里会看到我那张由于意想不到的厄运而变形的脸。我知道，这种对镜子的惧怕奇妙绝伦地普遍存在于宇宙之中。

在《作家们的作家》一书中，博尔赫斯的充满博学多才的精辟之论，时时如潮涌来。他在《谈诗》《谈〈神曲〉》等作品中，对诗歌语言的结构、音节、修辞等进行了深入细致的研究与分析。比如，谈到但丁的《神曲》，其中这样写道："我还要回顾一下《地狱篇》中第五章的最后一句…… '倒下了，就像死去的躯体倒下',为什么令人难忘?因为有'倒下'的声音。"这一点非常重要,当我们回过头来再读博尔赫斯的小说,就会发现他对语言的入迷和独创,成为他小说中最引人注目的一道风景。

在小说《永生》中,当一个长生不死的人在沙漠里历尽艰辛依然跋涉不止时,博尔赫斯这样写道:

> 我一连好几天没有找到水,毒辣的太阳、干渴和
> 对干渴的恐惧使日子长得难以忍受。

在一望无际的沙漠中,"干渴"是致命的,而"对干渴的恐惧"更是让人无限绝望。这样的语言,简直是神来之笔。我们都知道,比喻是写作中常用的一种修辞手法。但丁写下的诗句"倒下了,就像死去的躯体倒下",一定给了博尔赫斯巨大的启示,他在比喻一个人从世界上消失时用了"仿佛水消失在水中"这样的句子。这样精到的比喻,具有不同凡响的魅力。对此,作家余华在《博尔赫斯的现实》中已做了细致而详尽的分析。让余华更为激赏的是博尔赫斯的另外一个句子:"行刑队用四倍的子弹,将他打倒。"博尔赫斯对语言极其敏感并能准确捕捉,源于他对语言的悉心研究和探索。仅此一点,就值得每一个作家学习和尊敬。

一九八六年去世、享年八十六岁的博尔赫斯在漫长的一生中,发表、出版了大量的诗歌和散文,以及少量的小说,从未写过长篇小说。但是,他在四十岁左右时以两部主要的小说集《小径分岔的花园》和《阿莱夫》永远改变了世界上的小说,使他当之无愧地跻身于二十世纪文学大师的行列。

敏锐而又绝望的《情人》

一九八四年，玛格丽特·杜拉斯已七十岁了。在这一年，她写出了轰动世界文坛的小说《情人》，并以此获得了法国著名的龚古尔文学奖。七十岁的杜拉斯，她的内心依然充满了生机与激情，她的写作依然充满了艺术的创造力，她的小说语言依然是那么简捷与敏锐。

《情人》是一部带有自传性质的作品。记忆的闸门一旦打开，往事便如江潮一样决堤而来。我相信，那种积淀得太久太久的情感之潮汐，曾一次又一次地扑打着杜拉斯心灵的堤岸，直到晚年，直到白发苍苍，亦不能平息，无法平息。由此，我把《情人》看作是杜拉斯情感世界的一次"泄洪"，是她对自己人生的再一次、也是最后一次的回眸。

小说的开始令人着迷而沉醉：

我已经老了。有一天，在一处公共场所的大厅里，有一个男人向我走来。他主动介绍自己，他对我说：

"我认识你，永远记得你。那时候，你还很年轻，人
人都说你美，现在，我是特为来告诉你，对我来说，
我觉得现在你比年轻的时候更美，那时你是年轻女人，
与你那时的面貌相比，我更爱你现在备受摧残的面
容。"

这样的叙述，让我想起加西亚·马尔克斯的《百年孤独》第
一章的开头："许多年以后，面对行刑队，奥雷良诺·布恩地亚
上校将会回想起，他父亲带他去见识冰块的那个遥远的下午。"
同样是回溯性叙事的开始，但是，加西亚·马尔克斯的情景是写
实的，而杜拉斯的情景却是虚拟的。因为她接下来这样写道：
"这个形象，我是时常想到的，这个形象，只有我一个人看到，
这个形象，我却从来不曾说起。"然而，"真实"就在这样的语
境下同时产生了，那是杜拉斯真切的心灵世界："在所有的形象
之中，只有它让我感到自悦自喜，只有在它那里，我才认识自
己，感到心醉神迷。"

往事，在生命历史的云烟深处，清晰与朦胧、真实与虚幻交
织一起，汇集而来。七十岁的杜拉斯在这样的回忆中，几乎是理
智的，又是冷峻的，但却无法压抑内心蓬勃的激情。"太晚了，
太晚了，在我这一生中，这未免来得太早，也过于匆匆。"

——那是在湄公河的轮渡上，一个才十五岁半的白人少女邂
逅了一个来自中国北方的黄皮肤男人，继而发生了一场令人刻骨
铭心的"爱情"——这是爱情吗？也许有这样的成分，但是我更

多地看到了性爱的激情与绝望。性爱的激情是真实的，性爱的绝望也是深刻的，唯独爱情是虚幻的。这个美丽的、早熟的白人少女，其时正经历着家庭创业不可逆转的败落，贫穷的阴影之下，与那个黄皮肤情人的肉体之爱，在不可名状的欢愉中是如此的疯狂而堕落。而情人的父亲，一个中国富翁，却不允许自己的儿子把这个白人少女娶回家。

这样惨痛的经历真是无比绝望。杜拉斯的叙述，那种如电影镜头一样化入化出的文字片段，充满了冷峻、悲怆与低沉。她的内心无疑是唯美而富于诗意的，只要看看她的作品名称就可知道：《琴声如诉》《长别离》《广岛之恋》《黄色太阳》，包括《情人》等，可她的现实却是如此丑陋不堪，贫苦纠缠了她的一生，以至于连回忆都是那么窘迫与枯涩。

我只能用"绝望"两个字来形容杜拉斯的《情人》。在整部作品中，绝望感是她所挥之不去的情结。就像她的另一部作品《乌发碧眼》所写的一样，充满了焦虑与绝望。无论是情人还是家庭，带给她的只能是绝望。只有轮渡上那个十五岁半的少女形象，成了她心中最美的风景。"对你说什么好呢，我那时才十五岁半。那是在湄公河的轮渡上。在整个渡河过程中，那形象一直持续着。"轮渡上的一幕，一唱三叹，反复地出现在回忆中。是依恋还是怀念？是赞叹还是伤感？或许兼而有之。而人生的现实摧残了她的美丽、她的幸福。在阅读的过程中，杜拉斯所揭示的现实，令人深长思之，而潸然泪下。所以，杜拉斯情愿这样认为："我的生命的历史并不存在。那是不存在的，没有的。"对生命历史的否定或者确认，都是一种无言的痛楚。

　　但是，"情人"的存在，永远是杜拉斯命运中的一束光芒，是对不幸的生命的一种慰藉。在《情人》的结尾，那个中国情人给她打来电话：他对她说，和过去一样，他依然爱她，他不可能不爱她，他说他爱她将一直爱到他死。在这部作品的现实里，这个电话是真实的，不再是虚拟的。上溯回首整个故事，我深深体察着杜拉斯的无限伤痛，恨过的更恨，爱过的更爱。所以，在一九九二年，当七十八岁的杜拉斯得知她的中国情人去世之后，居然会重新把她这半个世纪以前的恋情故事再写一遍，这就是《来自中国北方的情人》。那种情感的力量，总是充满着巨大的活力，在时间的长河里生生不息，令人惊叹。肉体的欢爱是短暂的、瞬间的。而情感的审美，在时间与距离中，显得恒久、真实而又可贵。面对情爱旧事，形容枯萎的杜拉斯已回复到当年湄公河轮渡上那个十五岁半的、神采飞扬的少女时代。

　　在回溯性的叙事文学中，马塞尔·普鲁斯特的《追忆似水年华》绵长而又宽广，正如安德烈·莫罗亚在"序"中所说的：就像伟大的哲学家用一个思想概括全部思想一样，伟大的小说家通过一个人的一生和一些最普通的事物，使所有人的一生涌现在他笔下；加西亚·马尔克斯的《百年孤独》汇集了不可思议的奇迹和最纯粹的现实生活，深刻地反映了哥伦比亚乃至整个拉美大陆的历史演变和社会现实；而杜拉斯的《情人》聚焦于个人的心灵史，折射着人生与社会的现实，具有了洞烛世事的、人性的亮度与意义。

　　在这尘间俗世，也许只有真爱，才能温暖我们人生的每一个寒夜！

卡夫卡：人的现实与异化

　　一天早晨，格里高尔·萨姆沙从不安的睡梦中醒来，发现自己躺在床上变成了一只巨大的甲虫。

　　人突然异化成了一只大虫。为什么？是因为人对自己命运的无力把握吗？

　　在好长一段时期里，我沉迷在弗兰兹·卡夫卡的小说世界里不能自拔。卡夫卡关注的目光始终是那些生活底层的不幸的弱者。权力的高压、环境的冷漠、生活的重负，使弱者的生存境遇无不充满了孤独与绝望。

　　《变形记》里的格里高尔是个旅行推销员，他以自己的收入养活了父母与妹妹，然而一夜之间，他已不复为人了——灾难就这样突然地降临了。这是一只有生命、有思想的大虫，他依然渴望亲情，为家庭生计担忧，为亲人们着想。但是，亲人们一个个对他由怜悯、同情到厌恶、憎恨，甚至希望他早点死去。就是在这样的生存状态中，他依然是善良的，体谅家人的心情，也愿意去死，他"消灭自己的决心比妹妹还强烈呢，只要这件事真能办得到"。大虫死后，老妈子葛蕾特说："瞧他多瘦呀。他已经有很久什么也不吃了。……"他的父母与妹妹对此却充满了欣喜。小说的结尾这样写道："仿佛要证实他们新的梦想和美好的打算似的，在旅途终结时，他们的女儿第一个跳起来，舒展了几下她那充满青春活力的身体。"

在无比辛酸的阅读过程中，我感到了卡夫卡的悲哀与无奈。格里高尔只是形体的变形，而他的父母、妹妹却是心灵的变形。当一个人身处厄运之后，最痛苦的无疑是来自亲人的冷漠与抛弃。

在弱肉强食的现代社会里，弱者时时处在提心吊胆、担惊受怕的生活环境中。卡夫卡的小说《地洞》就是这样一篇揭示弱者的生存状态的力作。主人公也是一只虫子，为了可怜的生存，这只虫子不断地挖掘着一个地洞，里面遍布机关暗道，并且储满了食物。令它整天所不安和提防的是来自洞外洞内的一切动物与人类对它那个地洞的侵犯与伤害。它在地洞里的生活，战战兢兢、寝食难安。它极其害怕地洞周围那些不明来历的声音，总是惊恐地分析着声音的来历、目的，思考着有利于自身安全的防范对策。

> 只要这方面没有得到可靠的结论，我就没有足够的理由在这里感到安全，即使从墙上掉下一粒砂子，不弄清它的去向，我也不能放心。

它对地洞工程的精细设计与完美制作，它的思维与行为方式，显得相当可笑，然而当你深深体察了弱者的生存状态时，你只能为之黯然与感叹。

卡夫卡在这篇小说中对弱者寄予了无限的同情，显示出他对现实社会独特的批判力度。

卡夫卡的小说中，有很多作品揭示了人与权力的关系。长篇小说《审判》中，一个无罪的银行职员突然被逮捕之后，连"莫须有"的罪名都没有宣布，而且他依然可以行动自由。可是，无论他怎样申诉、求情，却无法解除法庭对他的起诉。最后，在一个晚上他被两个代表司法机关的黑衣人秘密处死。夜晚的黑衣人，象征了司法制度的黑暗。而个人面对这样一部庞大的司法机器，显然是无能为力的。

在《城堡》中，人与行政机构的关系更是显得可笑。主人公K是一个土地测量员，应城堡当局之聘前往工作，可是，当他赶到城堡所辖的一个村子里，连报到受命这样一个要求都被城堡当局莫明其妙地拒绝与阻挠，更别说开展工作了。他与城堡方面展开了一场无休止的斗争。然而，在权力面前，他的斗争注定是徒劳与失败的。

在这里，我想起了卡夫卡的另一篇小说《判决》：父亲以一个莫须有的罪名，居然可以判决自己的儿子去投河淹死。而儿子没有任何反抗地接受了这样一个命运的判决，投河自尽了。

在权力面前，人的生命毫无价值可言。这就是卡夫卡所要告诉我们的关于人的现实。

而人在这样的现实面前，心灵只能被扭曲与异化了。像一只虫子一样毫无意义地生活着。我们可以真切地感受卡夫卡内心的痛苦以及他思想的困境。卡夫卡以极其荒诞的、不可思议的艺术描写，反映了他对人的现实的洞察与思考。他所揭示的一切现象，在人类世界中具有普遍的属性。他的小说，越来越受到作家们的关注与研究。

这个伟大的奥地利作家被公认为是西方现代派文学的鼻祖之一。他对后来者的影响之深刻是不言而喻的。波兰作家布鲁诺·舒尔茨的小说《鸟》《蟑螂》《父亲的最后一次逃走》，成功地塑造了资本主义社会中小人物的异化形象，一脉相承的是卡夫卡小说的荒诞艺术。因此，美国颇负盛名的作家 W.H. 奥登在他的《卡夫卡问题·K 的寻求》中是这样评价卡夫卡的：

> 他与我们时代的关系最最近似但丁、莎士比亚、歌德与他们时代的关系。……卡夫卡对我们至关重要，因为他的困境就是现代人的困境。

独特的卡尔维诺

随着时间的推移，伊塔洛·卡尔维诺在世界文学中的影响越来越深远，越来越广泛。这个第二次世界大战后意大利最具独创性、最具实力的作家，于一九八五年猝然逝去，从而与当年的诺贝尔文学奖失之交臂。我想这是诺贝尔文学奖的遗憾，时间将不断地证明着卡尔维诺的伟大与不朽。

这套由译林出版社出版的《卡尔维诺文集》伴着我度过了今年这个躁动不安的夏季。在卡尔维诺的作品里，无论是他的童话，还是小说，抑或是理论，我体验着一个伟大作家丰富多彩的心灵世界和超然卓越的艺术智慧。

卡尔维诺的艺术世界无疑是浩瀚神奇、深不可测的。他作品中所体现出来的密集的信息、广博的知识，令人不胜惊叹。而他孜孜不倦的艺术创新精神，使我深为折服。

《寒冬夜行人》是卡尔维诺的代表作，也是我极为入迷的小说。每当我沉浸在阅读之中时，时间似乎静止了——那是卡尔维诺刻意营造的、饶有兴趣的"时间零"理论：在雄狮扑向猎手时，猎手向狮子射出一箭。当雄狮纵身跃起，而箭在空中向它飞去——这个瞬间，是一个绝对的时间。卡尔维诺称之为"时间零"。在这样一个短暂而永恒的瞬间，卡尔维诺处心积虑地让读者永远处在一种焦虑地期待着的状态之中。是狮子扑食了猎人还是箭射中了狮子？卡尔维诺不会轻易地告诉你，或者说根本不想告诉你，因为他关注的是这个结果前的那"一瞬间"。

所以，在《寒冬夜行人》中，我们与书中的"男读者""女读者"一起读到了十部小说的开头，似乎是互不关联，却又环环相扣。

卡尔维诺说过：

> 我真想写一本小说，它只是一个开头，或者说，它在故事展开的全过程中一直保持着开头时的那种魅力，维持着读者尚无具体内容的期待。

因而，卡尔维诺在《寒冬夜行人》这部小说杰作中，进行了"时间零"理论的艺术实践，对传统的小说、对传统的阅读、对传统的审美兴趣进行了颠覆。他不再是写一部有头有尾、情节曲折的传统小说，而是在一部小说中写了十部永远只有开头的小说。那些小说中的小说，每当我们读到那"一瞬间"时，往往就结束了，留下了一个巨大的空白。再读下一章时，又是一部小说的开头。那种颠覆与悬念，始终是扣人心弦、激动人心的。

贯穿始终的，是"男读者"与"女读者"柳德米拉在探索阅读的过程中，产生了爱情。"读者"是小说叙述的一条辅线，也是小说组成的有机部分。"读者"同样就是我们自己。我们在阅读中，与小说中的"读者"一起经历着阅读的艰辛、期待、焦虑与快乐。我想，这是卡尔维诺所乐意看到的结果。

小说的第十二章，也就是结尾时，"男读者"与"女读者"结合成了夫妻，当"女读者"柳德米拉要关灯休息时，"男读者"说："再等一会。我这就读完伊塔洛·卡尔维诺的小说《寒冬夜行人》了。"这样的结尾意味深长。阅读的兴奋已超过了洞房花烛夜的兴趣。阅读并没有随着小说的尾声而结束。阅读仍在继续中。

在这部小说中，卡尔维诺借用"男读者"的想法说了这样一句话："他的作品每一本书都不相同。他的独特性就是他的多变性。"这里的"他"就是卡尔维诺。确实如此，他的《意大利童话》《通向蜘蛛巢的小路》《我们的祖先》《命运交叉的城堡》《看不见的城市》等作品，每一部作品都体现了他的艺术探索和艺术创新。他在《美国讲稿》中认为：在文学这个无限的世界里总有许多崭新的或古老的方法值得探索，总有许多体裁和形式可以改变我们对这个世界已有的形象。因而，卡尔维诺的写作总是充满了探险般的兴奋和生机，呈现出迷人的风景。

小说《帕洛马尔》是卡尔维诺的最后一部作品。在这部结构奇特的作品里，他对小说的形式又有了新的探索。小说的每个章节分成三个部分，以一、二、三为顺序，代表着三个不同的主题、经验或思考，如视觉经验、文化经验、思辨经验。而这三种经验就是人生的全部经验。在这部小说中，我们看到了卡尔维诺对人的现实，人与人、人与自然的关系，人与世界的沟通等，进行了灵魂的对话、思考与探究，既有文人的感悟，又有哲人的理性。相互交融，哲思纷呈。在卡尔维诺的思索中，作为读者的我们也随着陷入沉思。

对于创作而言，最可怕的就是一成不变，不断地重复自己。当创作的风格形成一种模式、并在这种模式下一再复制出同一风格的作品时，无疑是令人望而生厌的。所以，艺术的创新才是一个作家保持旺盛的生命力、使之艺术之树常青的前提。

在《美国讲稿——速度》中，我读到了卡尔维诺引述的一个有趣的中国故事：

> 庄子的才干之一是绘画。国王要他画一只螃蟹。庄子回答说，为此他需要五年的时间、一幢房子和十二个仆人。五年过去了，他还未动笔。他又对国王说："我还需要五年时间。"国王应允。十年过去了，庄子拿起笔一挥而就，画了一只完美无缺、前所未有的螃蟹。

在这里，我们又一次看到了卡尔维诺对"时间"的入迷。"时间零"理论是他对小说叙述技巧的思考，而"庄子故事"中的时间，所指向的是一个艺术家必需的沉淀与积累的过程。

事实上，我对卡尔维诺作品的阅读，仅仅还只是走马观花，未及深入。然而，卡尔维诺的作品已经给了我极其深刻的印象和巨大的启示，而且确实是不可磨灭的。

永远的海明威

欧内斯特·海明威在一九五四年度诺贝尔文学奖授奖仪式上致辞说:

> 写作,在最成功的时候,是一种孤寂的生涯。

而在他的名作《老人与海》中,开头的第一句话就是:"他是个独自在湾流中一条小船上钓鱼的老人。"在这里,海明威是不是把自己暗喻成这个永远不轻言失败的"硬汉"老人呢?

当评论家们预言海明威已文才枯竭、江郎才尽的时候,五十三岁的海明威在一九五二年九月号《生活》杂志上发表了这部举世公认的杰作《老人与海》,并因此而获得了诺贝尔文学奖。海明威就像《老人与海》中的老渔夫圣地亚哥一样,以一种非凡的毅力,以压倒一切的无畏气概令人由衷折服和尊敬。

《老人与海》的故事情节十分简单。渔夫圣地亚哥连续八十四天没有捕到鱼，后来好不容易捕获了一条大马林鱼，但在归航途中一路和凶残的鲨鱼搏斗，结果这条鱼还是被众多的鲨鱼吃掉，最后只剩下一副十八英尺长的鱼骨架。然而，当作品问世后，蕴含其中的丰富的象征意义让众多的评论家们兴奋不已。是的，这不是一部简单的小说，而是一则多层次的寓言。虽然，海明威说"没有什么象征主义的东西"，但是，通读全书，让人感到作品的迷人之处正是"无处不象征"。由此构成了巨大的艺术魅力，确立了海明威在世界文学史上的独特地位。

在海明威早期的小说中，《太阳照常升起》（1926 年）写了一个名叫杰克·巴恩思的人，在战争中身体受到严重创伤，不能像常人一样与所爱的人相亲相爱，如两性之间的性爱，他只能自嘲地说："这么想想不也很好吗？"《永别了，武器》（1929年）中的弗雷德里克·亨利在战后无能为力地眼看着自己的爱人难产而死，只能像跟石像告别那样离开了她的遗体。他们在厄运面前表现出来的是认命和忍受。到了《丧钟为谁而鸣》（1940年），主人公乔丹为了完成炸桥和断后的任务，毅然准备献出自己的生命。在这里，海明威开始描写人的英雄主义。

而在《老人与海》中，海明威真正抒写了一曲英雄主义赞歌，写出了人的灵魂的尊严。这是一个优秀作家艺术才华的更高体现，也是他艺术创作的更高飞跃。正如他自己所说的："这是我这一辈子所能写的最好的一部作品。"

海明威有一个著名的"冰山理论"，他说，人们所能看到的和能计算的体积，只是露出海面的冰山一角。隐藏在海水深处的才真正是冰山的全部，而这部分只能通过感受、猜测和想象才得以看到。

正如《老人与海》，情节是如此简单：一个老人驾着一条小船，拖着一条大马林鱼，与接踵而来的鲨鱼们不断搏斗，无论是在"高爽的九月的天空衬托着一缕缕羽毛般的卷云"的白天，还是在"被越来越大的风刮得波涛汹涌"的黑夜，老人圣地亚哥只有一个信念："一个人可以被毁灭，但不能给打败。"海明威提供给我们的这样一个文本，是清晰而又简洁的，然而，其中丰富的象征和寓意，如同海底深处的冰山，只能由每一个阅读者以自己的触角去探测，去想象。

这使我们想到海明威的另一篇小说《白象似的群山》（1927），作家余华对这篇小说十分推崇。故事的全部是一个男人和一个女人在站台酒吧外一处阴凉的地方交谈，交谈的内容无非是日常生活话题，语言也是公共的，明确的。这篇作品的意义不像《老人与海》那样外在和明晰，作为文字容量不大的短篇小说，它所呈示的表象，恰如让人一览无遗的海面，但是透过海面，我们是否看到海洋深处的潜流、鱼类以及海藻等？那是无限丰富的。而人物的心灵，显然比大海深处更加丰富，更加让人捉摸不透。由此我们相信，海明威在《白象似的群山》中不是消解文本的意义，而是展示了一种具有无限可能的心路历程。

海明威说过："一个在沉寂中独立工作的作家，假若他确实不同凡响，就必须天天面对永恒的东西……"这"永恒的东西"，对于一个作家来说，我想唯有艺术创作的永无止境、锲而不舍的追求与探索。从这个意义上来说，海明威无疑是永恒的英雄！

加西亚·马尔克斯：《百年孤独》

加西亚·马尔克斯是世界文坛公认的"魔幻现实主义大师"。当我第一次阅读《百年孤独》时，就被叙述开始时那一行迷人的句子吸引住了：

> 许多年之后，面对行刑队，奥雷良诺·布恩地亚上校将会回想起，他父亲带他去见识冰块的那个遥远的下午。

从那个遥远的下午到许多年之后的今天，这是一个充满了巨大诱惑的时间与空间。从将来的角度回忆过去的倒叙手法，一下子造成了艺术上的悬念，令人无法释卷。以这样的开始进行叙述，成为世界小说史上的经典之作。

以《百年孤独》获得诺贝尔文学奖的加西亚·马尔克斯，当他读到胡安·鲁尔福的《佩德罗·巴拉莫》时，正值他的写作进入了死胡同,而胡安·鲁尔福的这部仅三百来页的著作,成了加西亚·马尔克斯钻出写作死胡同的一道亮光。作为一个伟大的读者,加西亚·马尔克斯把《佩德罗·巴拉莫》读到了一个怎样的程度呢?"我能够背诵全书,且能倒背,不出大错。并且我还能说出每个故事在我读的那本书的哪一页上,没有一个人物的任何特点我不熟悉。"我想,胡安·鲁尔福只要加西亚·马尔克斯这样一个杰出的读者就够了。而事实上,当加西亚·马尔克斯写出了不朽名著《百年孤独》之后,这两个同样伟大的作家便成了我们永远敬仰的人。

《百年孤独》让我一直保持着阅读的兴奋。在整部小说中,加西亚·马尔克斯的叙述出神入化,使我深深着迷。如小说的第七章,在写到霍塞·阿卡迪奥自杀后,他对那股鲜血的流向作了全过程的拟人化追踪叙述,写了两百来字。

　　一股鲜血从门下流出,流过客厅,流出家门淌到街上,在高低不平的人行道上一直向前流,流下台阶、漫上石栏,沿着土耳其人大街流去,先向左,再向右拐了一个弯,接着朝着布恩地亚家拐了一个直角,从关闭的门下流进去,为了不弄湿地毯,就挨着墙角,穿过会客室,又穿过一间屋,划了一个大弧线绕过了饭桌,急急地穿过海棠花长廊,从正在给奥雷良诺·霍塞上算术课的阿玛兰塔的椅子下偷偷流过,渗进谷仓,最后流到厨房里,那儿乌苏拉正预备打 36 只鸡蛋做面包。

　　读来真是独具趣味，令人耳目一新。而在小说中出现的俏姑娘雷梅苔丝白日升天、阿玛兰塔与死神交谈等情节，使光怪陆离的传说成为一种现实的映照。

　　现实与幻想、传说与神话、白描与隐喻……加西亚·马尔克斯以极其新颖而独到的叙述艺术，不可思议地创造了一个"变幻想为现实而又不失为真"的神话世界，使我们不仅看到了哥伦比亚乃至整个拉美大陆的历史演变与社会现实，更看到了一个小说大师无限广阔的心灵世界。

弗吉尼亚·伍尔夫：《到灯塔去》

在 20 世纪 90 年代初期，我读到了瞿世镜的《意识流小说家伍尔夫》。此著全面地评价了弗吉尼亚·伍尔夫的艺术成就与历史地位。作者认为，在世界文坛上，乔伊斯和伍尔夫并称为经典的意识流小说家，但是，"在创造综合化的艺术形式方面，伍尔夫在理论上和实践上都比乔伊斯作出了更大的贡献"。

《到灯塔去》是弗吉尼亚·伍尔夫意识流小说的名篇。小说采用了音乐中奏鸣曲式的结构，其中由三个章节组成的文本，又是夜晚的灯塔照耀大海的节奏。这部小说的结构十分精巧和完美。情节极其简单，而人物内心的独白、意识的流动，使作者的视角始终处于一种多元的状态。

事实上，弗吉尼亚·伍尔夫对传统小说那种线性封闭的结构是极为厌恶的，作者的全知叙述只能反映出他所要表现的事物的外部，小说只有通过人物自身的感受与意识来展开，才能抵达人的内心，从而表达这个多变的、未知的现实。音乐、绘画的表现方法、及至电影"蒙太奇"的剪辑手法，都给予了她小说创作巨大的启示，哲学与心理学同时支撑和完善了她的思考与表达的方式。因此，弗吉尼亚·伍尔夫的小说是诗化的小说。可以淡化情节，甚至无情节化，但诗意与象征使她的文本丰沛而厚实。

在小说中，拉莫齐先生的幼子詹姆斯想去灯塔，却由于天气不好而未能如愿成行，是坚定的拉莫齐夫人安慰与鼓励了丈夫与儿子。然而，第一次世界大战爆发了。一晃十年，拉莫齐先生一家历经人世沧桑，拉莫齐夫人已溘然长逝。拉莫齐先生携带一双儿女乘舟出海，终于到达灯塔。作者以女性的视角，反映了女性为实现自己的理想所经历的艰难和困惑，确立女性的精神定位与思想超越。女画家莉丽·布里斯科一直想画出"心中的幻象"，经过了漫长的十年时间，当拉莫齐一家到达灯塔的时候，她忽然在瞬间的感悟中终于完成了自己的精神之旅。

在《到灯塔去》这部小说中，"灯塔"充满了象征的意义。我认为不仅是拉莫齐夫人的内在精神，更是人类共同向往的精神之光，而到灯塔去，正是体现了人类追求这样一种精神光芒的历史过程。

我非常欣赏弗吉尼亚·伍尔夫所说的："生活是与我们的意识相始终的，包围着我们的一个半透明的封套，小说就是把这种变化多端、不可名状、难以界说的内在精神表达出来。"还有一句是她在《一间自己的房间》中所写的：

> 只要你去写你所要想写的东西，这才是唯一重要的事情。

威廉·福克纳：《喧哗与骚动》

　　我是先读了威廉·福克纳的短篇小说集《献给爱米丽的一朵玫瑰花》之后，不久前才阅读了他的长篇名著《喧哗与骚动》。威廉·福克纳的短篇小说是值得研读的。他往往以写实的手法来结构短篇小说，题材广泛，情节鲜明，十分精巧。如《献给爱米丽的一朵玫瑰花》，在八千来字的篇幅里，他的叙述时空交叉，悬念迭出，曲折有致，写出了一个女人自我封闭、充满了悲剧的一生。这篇小说堪称威廉·福克纳的短篇杰作。

　　《喧哗与骚动》书名出自莎士比亚悲剧《麦克白》第五幕第五场麦克白的有名台词："人生如痴人说梦，充满着喧哗与骚动，却没有任何意义。"小说中的康普生家曾经是一个显赫一时的望族，祖上出过一位州长，一位将军。家中原来广有田地，黑奴成群，如今只剩下一幢破败的宅子，黑佣人也只剩下老婆婆迪尔西和她的小外孙勒斯特了。我们看到的就是这样一个日益没落的旧家庭，一个行将死亡的旧时代。

小说的开篇，是白痴班吉给我们讲述他的故事：

> 透过栅栏，穿过攀绕的花枝的空间，我看见他们
> 在打球。……这人打了一下，另外那人也打了一下。

当班吉以一个白痴的感觉、视觉、触觉，随意地、没有逻辑、凌乱不堪地描述他的世界时，我感到了威廉·福克纳的伟大。他的伟大就在于，小说的叙述始终要服从于人物刻画的需要。而以白痴的叙述开始，使这个望族家庭充满了颓废与败落的气息。

多角度的叙述与意识流的手法是《喧哗与骚动》的主要特征。"这本小说有坚实的四个乐章的交响乐结构，也许要算福克纳全部作品中制作得最精美的一本，是一本詹姆斯喜欢称为'艺术创作'的毋庸置疑的杰作。"美国诗人兼小说家康拉德·艾肯如是评价道。小说的前面三个部分，是三兄弟班吉、昆丁和杰生各自叙述他们的故事，到了第四章，作者以全知叙述讲完了整个故事。班吉是白痴，昆丁与杰生是病态的。只有威廉·福克纳始终是清醒的，在三兄弟叙述的过程中，他只是一个执笔者，或者说是记录员，任由他们的记忆与讲述信马由缰而不予横加干涉，让他们表达出自己真实的生活现实。

曾经存在于美国的蓄奴制度在历史上损害了黑奴的阶级利益，它也给奴隶主阶级及其后裔种下了祸根并自尝苦果。这样一个丑恶的制度，注定要在现代文明的洪流中被荡涤、被冲毁。在

三兄弟的故事里与威廉·福克纳的叙述中，我们看到了一个显赫家族的颓败与死亡，也看到了一个旧时代的终结。家族史与民族史从来是息息相关的。

马塞尔·普鲁斯特：《追忆似水年华》

"在很长一段时间里，我都是早早就躺下了。"这是《追忆似水年华》第一部《在斯万家那边》的开头。马塞尔·普鲁斯特所说的那段时间，应该是他三十五岁以后的岁月。他患有严重的哮喘病，一不小心就会感染复发。他只能把自己禁锢在封闭的房间中。这间屋子，没有阳光照耀，没有风吹草动，也没有了人世间的喧哗与骚动。所有的，只有那张床、笔与纸，以及对人生往事的诗意、亲切而又百感交集的回忆。直到五十一岁那年他永远地告别了人世为止，他的生命已不再需要这间屋子了，他的灵魂却在《追忆似水年华》中得到了升华与永存。

在弗吉尼亚·伍尔夫的艺术视野里，她眼中真正的生活与现实是变动不已的、未知的、不受拘束的，像一个明亮的光轮般的人的精神世界。而在马塞尔·普鲁斯特敏感而又感性的回忆中，无论是斯万家那边、盖尔芒特家那边，还是女囚、女逃亡者、少妇们，那些逝去的人生岁月，那些故人的音容笑貌，无不清晰涌现，触手可摸。马塞尔·普鲁斯特的追忆烛照着过去的生活与现实，烛照着人的心灵与思想，使得"重现的时光"亲切、忧伤、快乐而又感慨不已。正因为这样，马塞尔·普鲁斯特固执的记忆与流逝的时间始终对峙着。当时间毁灭了一切，回忆就是人类通向心灵史的唯一通道。

　　假如假以天年，允许我完成自己的作品，我必定给它打上时间的印记：时间这个概念今天以不可抗拒的力量强迫我接受它。我要在作品里描写人们在时间中占有的地位比他们在空间中占有的微不足道的位置重要得多……

马塞尔·普鲁斯特通过他的追忆，使时间具有了色彩与音响，具有了喜怒哀乐的情感，流失在时间深处的那些人物与往事便生动起来，真实可见。

阅读是人与书的奇遇，而阅读这部长达近二百多万字的小说巨著，是对阅读信心的极大考验。我在一个百无聊赖的冬季窝在温暖的被子里，浮光掠影地读完了这部小说。我期待着有缘再读书柜上的这部小说，重温并领悟其深刻内蕴与艺术魅力。这是需要耐心和缘分的相聚。

《追忆似水年华》令马塞尔·普鲁斯特的生命历史绵长而又广阔。躯体被病魔禁锢着，而精神是自由而开放的，灵魂永远也不会与世隔绝的。躺在病床上的马塞尔·普鲁斯特，以回忆抗拒着遗忘，在追忆似水年华中，他的精神舒展开来，唤醒了等待着死亡的生命，重新焕发出灼人的光芒。

　　小说没有一贯到底的叙事情节，回忆的片段组成了这部鸿篇巨制，蓬勃的诗意始终充盈其间，而散文化的文字优美地自作者的生命长河中舒缓地流淌而来。这些精灵般的文字，与其说是整合了一部个人的心灵史，还不如说是奇迹般地复活了一个人的生命。

川端康成：《伊豆的舞女》

很清晰地记得，那是 20 世纪 80 年代中期，江南的梅雨时节，我读到了川端康成的《伊豆的舞女》。窗外的江南雨绵长而又感伤，窗内的我满怀优柔的心情，沉浸在多愁善感的意境里。

道路变得曲曲折折的，眼看着就要到天城山的山顶了。正在这么想的时候，阵雨已经把丛密的杉树林笼罩成白花花的一片，以惊人的速度从山脚下向我追来。

第一次读《伊豆的舞女》时，我就感到了川端康成文字的力量，他几乎不由分说地带着我穿过山道和雨水，来到了那个舞女的面前。"那舞女看上去大约十七岁。她头上盘着大得出奇的旧式发髻……这使她严肃的鹅蛋脸显得非常小，可是又美又调和。"这是一个美丽的舞女，令川端康成眷恋不已。在追随着舞女旅行于伊豆山水间的日子里，我像川端康成一样变得忧伤而又多情。然而，相聚是缘，离别总是难免的。一个第一高等学校的学生与一个伊豆的舞女薰子在旅途上产生的这段初恋一般的感情，是朦胧而又纯洁的。然而，命运注定他们是无法继续走下去的。一旦分别，便从此天各一方，只有美好的回忆温暖来日。

　　我的头脑变成一泓清水，滴滴嗒嗒地流出来，以后什么也没留下，只感觉甜蜜的愉快。

　　二十岁的"我"与舞女分别后躺在船上，黑暗中无以自制的泪水让我同样泛滥，那一瞬间，如烟往事中飘逝而去的友情或者爱情纷至沓来。

　　川端康成以《雪国》《古都》《千只鹤》三部小说代表作获得了一九六八年的诺贝尔文学奖。但是，《伊豆的舞女》这部我最早读到的川端康成的小说，给了我深刻的印象，不能忘怀。由此我感到，阅读的第一感觉总是犹如初恋一般固执而难忘的。而事实上，从《伊豆的舞女》开始，川端康成形成了他的写作风格。那种感伤、精致、淡雅而又优美的艺术特色同样是《雪国》《古都》《千只鹤》这三部小说的艺术特色。

　　三岛由纪夫称川端康成是个"永恒的旅行者"。从他的《伊豆的舞女》到《雪国》等小说，以及他的一系列散文中，我们看到的是一个作家风尘仆仆、流连于山水之间的身影。他一路行来，把他的见闻、感悟与思想一一传达给我们。于是，我们从中领略到了川端康成笔下的山川之美、人性之美和文学之美。他是一个唯美的作家。无论是述人纪事，还是状物绘景，无不充满了极致的、纯真的文学之美。

　　作为一个日本作家，川端康成把日本文学之美和东方艺术之美推向了世界，从而确立了他在世界文学史上的地位。

维·苏·奈保尔:《米格尔大街》

我在 20 世纪 90 年代中期阅读了维·苏·奈保尔的《米格尔大街》。这是花城出版社一九九二年九月的版本,译者张琪,印数一千五百册,定价是六元八角。

维·苏·奈保尔于二〇〇一年获得诺贝尔文学奖后,在接受美国 NPR 电台采访时语出惊人地表示"我感谢妓女",使得世界媒体一片哗然。以文笔犀利、富有争议而著称的维·苏·奈保尔,其特立独行的姿态吸引了公共视线。我买回了他的另外一部代表作《河湾》,并重读了《米格尔大街》。

《米格尔大街》是维·苏·奈保尔二十二岁那年创作完成的,由十七个短篇小说组成的,译成中文才十二万字。当年二十二岁的维·苏·奈保尔还只是个默默无闻的青年作家,《米格尔大街》延宕了四年才得以出版,他的文学才华从此显山露水,得到了英国文坛的肯定,这部小说以细致的刻画和对社会底层小人物的深刻同情而荣获一九五九年英国的毛姆奖。

　　《米格尔大街》是维·苏·奈保尔眼中那条与西班牙港毗邻的大街的真实展现。远离故土的他，在整部小说中以叙述人"我"的身份，把昔日米格尔大街上的左邻右舍们有趣的经历、或悲剧的故事一一介绍给我们。如被米格尔大街的人们视作疯子的曼曼，在某一天洗完澡后梦见了上帝，欲把自己打扮成耶稣救世主的形象，便把自己绑上十字架，然后让人们用石头砸他，演出了一幕可笑的闹剧；具有伟大理想的民间诗人布莱克·沃兹沃思曾经受到过人生最悲惨的打击：从前一个少年诗人遇上了一位女诗人，他们彼此相爱，幸福地生活在一起。有一天，女诗人对那位少年诗人说："咱们家里又要增加一个诗人啦！"但是，那个小诗人没有出生，因为女诗人死了。后来，布莱克·沃兹沃思希望自己每个月写出一句非常出色的诗，用自己的一生完成一首震撼全人类的诗篇，然而，这仅仅是一个永远不能实现的梦想；理发师博勒由于经常上当受骗而对所有事情都丧失了信心，有一次他买的彩票真的中奖了，却以为这是大街上的人为了捉弄他而编造出来的，便愤怒地撕毁了彩票。还有木匠、教师、机械天才、花炮制造者……这些生活在米格尔大街上的一个又一个小人物，他们或游手好闲、或异想天开、或言行古怪、或愚昧无知，在作家的笔下，皆个性鲜明，呼之欲出。

　　维·苏·奈保尔在《米格尔大街》这部小说中以白描的手法，冷静而忧伤地描绘出了草根阶层的人生状态、生存世相。他的文字，始终是简洁而准确的。透过童年的视角，米格尔大街上那些人物形象及其故事，便生动有趣起来，蕴含在文字背后的讽刺与嘲笑也是幽默善意的，可见作家对底层小人物深深的同情与强烈的人文关怀。

《廊桥遗梦》：四天等于一生的爱

　　从开满蝴蝶花的草丛中，从千百条乡间道路的尘埃中，常有关不住的歌声飞出来。

　　轰动全美的《廊桥遗梦》是美国作家兼摄影师罗伯特·詹姆斯·沃勒的一部八万字的言情小说。作品描写了一个情真意切、感伤凄婉的爱情故事：五十二岁的摄影师罗伯特·金凯和四十五岁的农场女主人、有夫之妇弗朗西丝卡，在无意间邂逅的四天中，产生了强烈动人的、并由此付出了双方终生感情的永恒真爱。

　　这个故事显然不同于梁山伯与祝英台、贾宝玉与林黛玉、罗密欧与朱丽叶等经典爱情故事。因为在少男少女的世界里，爱情之纯美、热烈、奔放，完全合乎情感的规范与道义的界限。但问题是，单身汉罗伯特·金凯是一个已过了知天命之年的"最后的牛仔"，弗朗西丝卡是一个有儿有女有丈夫的中年妇女，这种

"婚外恋"产生的基础是什么？我想不仅仅是因为热心的弗朗西丝卡为寻觅拍摄古桥的罗伯特·金凯带路来到了罗斯曼桥畔。桥本身就是一种象征，可让人从此岸通向彼岸，爱情也需要一座桥为媒。因为一场偶然的邂逅，他们居然擦出了爱情的火花。归根到底，我想这就是人性的隐秘、人性的繁复之所在。而这样一个故事，在开放意识强烈的、高度物质化的美国社会中，如同让人逛了一次"爱情的天堂"。然而，在中国人道德意识里，这是一种悖逆出格的行为，由此而引起的轩然大波，是西方文明与东方文化碰撞的必然结果。

从人性的角度解读《廊桥遗梦》的话，那么就会感到这个故事确有其动人、合情之处。如果说没有爱情的婚姻是不道德的，那么现实生活中的婚姻到底有多少爱情的成分？

当然，《廊桥遗梦》中发生的爱情故事，不是因为弗朗西丝卡厌恶了婚姻与家庭，之所以出轨，而是埋藏在心灵深处的情愫被罗伯特·金凯唤醒了。原以为心如枯井波澜不起，谁料情如烈焰，只待遇到一个合适的时空，最重要的是遇到一个合适的人，便会燃烧起来。人性就是这样深不可测、莫名变幻。

是的，当弗朗西丝卡在漆黑的夜晚把一张纸条钉上罗斯曼桥左边入口处后，她隐秘的心灵世界打开了，那纸条上写着："当白蛾子张开翅膀时，如果你还想吃晚饭，今晚你事毕之后可以过来，什么时候都行。"

"当白蛾子张开翅膀时"是爱尔兰诗人 W.B. 叶芝的诗句。第二天前往古桥拍照的罗伯特·金凯收到了这张具有强烈暗示的信物，这个爱情故事顺理成章地开始了。叶芝、白兰地、散步、聊天、乡村音乐、探戈舞、夜晚、香水……在种种铺垫之后，自然而然是拥吻与爱恋。按弗朗西丝卡的说法是："罗伯特·金凯教给了我生为女儿身是怎么回事，这种经历很少有女人，甚至没有任何一个女人体验过。"

在阅读《廊桥遗梦》的过程中，我为主人公热烈的情感、缠绵的思念、感伤的情怀而动容不已。人类对于真正的爱情永远是倾心向往、不断追求的，哪怕如飞蛾扑火，亦无怨无悔。我相信"四天等于一生"的情感力量，足于使两颗寻觅已久的灵魂找到永恒的归宿。人生知己，千古难觅。轻易地放弃或痛苦地抗拒，是对人性、对美好情感的摧残和践踏，还不如坦坦荡荡、痛痛快快地爱与被爱一回。就像弗朗西丝卡谢世后在遗言中对儿女所坦白的那样：

在四天之内，他给了我一生，给了我整个宇宙，
把我分散的部件合成了一个整体。

弗朗西丝卡尽管意识到爱情是如此地具有魔力，但是她还是被家庭观念或者说是世俗观念深深地制约着，使她理性地克制住自己没有和罗伯特·金凯一起去浪迹天涯，共享人生。在罗伯特·金凯驾驶着那辆雪佛莱小卡车流泪离去后，弗朗西丝卡把这四天的情爱经历埋藏在了心底，因为她毕竟有自己的丈夫与儿女，为了家庭，她没有再与罗伯特·金凯打电话或通信，而罗伯特·金凯也没再来打扰她——尽管他们相互思念，相互怀恋。弗朗西丝卡在丈夫理查德去世后，才试图与罗伯特·金凯取得联

系，但她已找不到他了。最后，她等到了律师事务所寄来的罗伯特·金凯的遗嘱与遗物，而他的骨灰也已撒到了罗斯曼桥畔。正如弗朗西丝卡所说的，罗伯特·金凯不是"一个到处占乡下姑娘便宜的浪荡人"。

用情至深的罗伯特·金凯，同样使弗朗西丝卡情动于衷，她永远无法忘却这个给她带来过生命愉悦的摄影师。她把罗伯特·金凯视为亲人，并且要求儿子迈可、女儿卡洛琳也尊敬他、爱他。她最后的遗愿是在死后把骨灰撒在廊桥畔——那里是罗伯特·金凯的安息之处。她在遗书中这样说道："把活的生命交给了家庭，我把剩下的遗体给罗伯特·金凯。"

这样一个结局充满了浪漫而激情的凄婉之美，回归到了梁祝的情爱模式：生不能结夫妻，死也要同坟墓。爱情的追求，竟然都是这样不谋而合，殊途同归。世界上的水都是一样的晶莹透亮，人世间的情又何尝不是一样真诚炽烈？

艾丽丝·门罗：《逃离》

　　加拿大女作家艾丽丝·门罗作为"当代短篇文学小说大师"，在八十二岁高龄获得了二〇一三年诺贝尔文学奖。

　　二〇〇九年，北京十月文艺出版社出版了门罗的短篇小说集《逃离》，是著名翻译家李文俊的译本。这本书一直放在书柜里没读，直到门罗获得诺贝尔奖之后，我把它放在了枕边，成为每天晚上临睡前的读本。然而，断断续续读了好久，始终有若即若离的感觉。在此期间，我反而读完了美国作家雷蒙德·卡佛《短篇小说自选集》，最近重读门罗的《逃离》，通过阅读比较，我明白了卡佛的极简主义似乎更能吸引我去阅读。卡佛小说的极简，到了一不留神就会滑过去的地步，从而漏掉精彩之处，这需要加倍精细地阅读，甚至近乎智力游戏的挑战，能够激起我的兴趣去分析、去探究。

　　当然，门罗的小说同样需要精细阅读，泛泛一读是无法进入的，是找不到兴奋点的，因为她的小说不是线性叙事，不会让人看了开头就能猜测结局，而且她短篇小说的篇幅通常都在万字以上，二三万字，或者更长。我以往的阅读，习惯上形成了一种心理期待，如果面对中长篇小说，阅读耐心是早就准备好的，但是对于短篇小说，则是希望尽快抵达终点。然而，门罗的短篇小说篇幅很长，叙事则简约而又浓缩，不会让你这么快速地结束阅读，它始终在考验读者的阅读耐心。至少，我的感觉是这样的。

《逃离》由《逃离》《机缘》《匆匆》《沉寂》《激情》《侵犯》《播弄》《法力》这八个短篇小说组成。等到真正阅读下去后，我发现了门罗小说的艺术魅力。

"逃离"这个词，既是这部小说集的书名，又可以视为这部小说集的主题。

如《逃离》中的卡拉，在十八岁那一年决意休学，逃离家庭，选择与男友克拉克在一起，去经营骑马场。然而，卡拉又一次厌倦了这样的生活，她乘上大巴去多伦多，要把现有的一切抛在身后。在旅程中途，卡拉忽然改变了主意，让克拉克接回去了。夭折的逃离，似乎什么也没有改变，但是，卡拉觉得"她像是肺里什么地方扎进去了一根致命的针，浅一些呼吸时可以不感到疼。可是每当她需要深深吸进去一口气时，她便能觉出那根针依然存在"。

《机缘》《匆匆》《沉寂》是有机相连的三个短篇。《机缘》中，二十一岁的朱丽叶读完了古典文学硕士学位后，为了逃避融入社会的压力，居然千里迢迢投奔了火车上偶遇的一个渔夫，而这个男子拥有妻子和数个情人。《匆匆》描写了离家多年的朱丽叶带着女儿佩内洛普回到家乡探望父母，此时，她的母亲衰老、失忆了，父亲喜欢上了来照料母亲的小护士。到了《沉寂》中，长大成人的佩内洛普重蹈了母亲朱丽叶的覆辙，忽然出走失踪，再也没有回来，这使朱丽叶的内心充满了失落与孤独，最后"她仍然希望能从佩内洛普那里得到只言片语，但再也不那么特别耗费心神了。她像更谙世故的人在等待非分之想、自然康复或是此等好事时那样，仅仅是怀着希望而已"。这三篇小说揭示了一个知识女性逃离正常的生活轨道之后一生的悲剧命运。

又如《激情》，女主角格雷斯是一家旅店餐厅里活泼开放的女招待，而他的未婚夫莫里既英俊又富有，而且性格宽容，行为上循规蹈矩，格雷斯主动热烈，莫里却不会越雷池一步，认为他要为格雷斯贞操负责。然而，格雷斯遇到了莫里同母异父的哥哥尼尔。莫里是单纯的，作为医生的尼尔是深不可测的，这对格雷斯造成了致命的诱惑，与尼尔度过了一个冒险的下午，驱车远出，学习驾驶，亲密接触，格雷斯感到了轻松与快乐。她也明白，这场犹如儿戏一般的恶作剧，把她与莫里及其家庭的门关上了。不幸的是，醉酒的尼尔在格雷斯告别后车毁人亡。后来，莫里给格雷斯写了一封简短的信："只需告诉我是他让你这么做的。只需说你是不想去的。"格雷斯的回信只有五个字："我自愿去的。"

《侵犯》中的一对夫妇哈里与艾琳结婚五年没有孩子，领养了一个女孩，取名劳莲。然而艾琳怀孕了，丈夫建议她中止孕期。不料，愤怒的妻子开车时把养女劳莲震伤了，致其死亡。我们在小说中看到的劳莲是他们的亲生女儿，然而，当养女的亲生母亲德尔芬寻找自己的孩子时，故事便具有了惊人的转折。《播弄》同样具有悲剧性，护士若冰与丹尼洛缘悭一面，产生了缘分，一年后当若冰前去赴约时，遇到的是丹尼洛的孪生弟弟，而他是一个聋哑人，对若冰冷若冰霜。若冰误以为丹尼洛早已把她忘记，便痛哭着离去了，此后未再嫁人，直到过去了四十年后，若冰才明白了真相。这一阴差阳错，岁月已残酷地老去了。《法力》中的泰莎具有透视的特异功能，奥利以爱情的名义与她同居生活，利用她来赚钱，如科学测试、马戏团演出，实际上并不爱她。泰莎尽管有透视的功能，却无法看透人心。所谓爱情的法力，在泰莎的特异功能消失后，同样残酷地消失了——奥利把她送进了守备森严的精神病院，因为她已经没有利用价值了。

《逃离》中的八个短篇小说，都是以女性为主角，而且都是生活中的小人物。门罗冷静地剖析她笔下女性的情感、生存与命运，那些具有浪漫气质的年轻女孩，服从自己的本能与感觉，试图改变平淡无奇的命运，最终都无法逃离命运之手。逃离或者回归，反抗或者顺从，游戏或者庄严，没有喜剧，只有悲剧，无不具有宿命般的感伤。

美国著名作家约翰·厄普代克对门罗的小说如此评价道："爱，在门罗的世界里，不是万灵药。爱，无关诚实、也无法以可靠的方式来保证欢乐。门罗有点姑婆似的禁欲和严厉，虽然她一直隐晦谈到性、暴力、死亡。这不过是人生激情和残酷的最戏剧化方式。门罗所探寻的是，经历情感世界的地震后，人的内心构造，我们的岩石层还将如何运作。"

门罗小说的叙述，节制、平静到令人吃惊的地步。故事隐藏在叙事中，悬念隐藏在文本里，顺叙、倒叙、插叙和补叙等叙事艺术的灵活应用，间杂其中的抒情、议论、写景、心理活动等，节奏从容，舒缓有度。即使是惊心动魄的故事转折，她也不会以戏剧化的冲突加强艺术效果，甚至有意淡化。如《激情》中的格雷斯，尼尔之惨死给她的打击是巨大的，然而她默默地承受了下来。"我自愿去的"这五个字，表面上是十分平淡的，内心则惊涛骇浪，一方面当然是痛定思痛之后的平静，另一方面是她绝不愿意玷污那一个下午的快乐情感。

门罗的小说就是这样静水深流、细腻沉静，她对自己的叙述方式充满了自信，以纯粹的小说面目走向她的读者。

雷蒙德·卡佛的小说

一

美国作家雷蒙德·卡佛的短篇小说《谈论爱情时我们都在说些什么》，内容主要是心脏病医生梅尔·麦克吉尼斯讲述的两个爱情故事。

一个是艾德，爱情使他发疯。当特芮离开他时，他居然喝了老鼠药。在抢救过来之后，又开枪自杀。

另一个故事是，一对七十来岁的老夫妇在高速公路上遭遇了车祸，那个十八九岁的醉酒肇事者死了，而遍体鳞伤的老夫妇最终死里逃生。两个人浑身上下包扎着石膏与绷带，只有眼睛、鼻子、嘴那儿露出几个小洞，那个老头很悲伤，不是因为这场车祸，而是在这种状态下他无法看到自己的老伴。

整篇小说几乎只是梅尔一个人在滔滔不绝地叙述与评判，特芮、劳拉与"我"大多时候只是倾听者，偶尔的插科打诨，无法打断梅尔的话语之路，也无法改变梅尔的思维方向。

梅尔所说的两个爱情故事都是沉重的，但是由于梅尔粗鲁与武断的评说，甚至是嘲笑、讥讽，似乎消解了爱情的成色，当然这仅仅是表象，也许在他的内心深处还是赞美爱情的，他说："你们因爱而发光。"这句话多少透露了梅尔心中的情感指向。

小说结尾，"我能听见所有人的心跳"。这两个故事最后让叙说与倾听的人都沉默了，为什么？因为它击中了大家心灵中最柔软的情愫。

二

雷蒙德·卡佛的《邻居》是一篇很有意思的短篇小说。

邻居哈里特和吉姆·斯通要外出旅行十天，委托比尔和阿琳·米勒这对快乐的夫妻照看公寓、喂猫和给花草浇水。

卡佛居然会把这样一个平淡无奇的日常生活写入小说，会有什么样的亮点来支撑这篇小说呢？

涉足他人的领地，往往有一种神秘感、新奇感，有忍不住的隐私窥探欲。第一次，比尔去邻居公寓喂猫、浇花时，打开了邻居的药柜，发现了一瓶药，比尔看了标签之后，居然顺手塞进了口袋。这是一瓶什么药卡佛没有写明。第二次，比尔打开了所有的碗柜，查看了各种食品，各种酒杯，甚至盘子、罐子和锅，还把床头柜一个抽屉里的半包香烟塞进了口袋。第三次，比尔对邻居的每个房间、每样东西都非常仔细地观看、琢磨了一遍，然后一边喝酒，一边试穿男邻居的衣裤，甚至穿戴了女邻居的一条黑白格子的裙子，还套上了紫红色的上衣。

小说写到这里，充满了某种情色意味，还有一种怪异的色彩，比尔的内心究竟有着怎样的波澜起伏，从他的一系列行为中，读者可以自我辨析，自我思考。

第四次，进入邻居公寓的是比尔的妻子阿琳·米勒，她没有喂猫，也没有浇水，而是在一个抽屉里看到了一些照片。比尔去找她时，看到赶出门来的妻子"脸通红"。比尔问她是什么样的照片？——其实，读者也很想知道。她让比尔自己去看，并且"意味深长地看着他"。实际上，答案已经很明确了。正当夫妻俩准备返回邻居的公寓时，突然发觉钥匙遗忘在了屋子里面，而门已经锁上了。

这对夫妻面临着一场巨大的尴尬，而读者的心也不禁提了起来。但是，卡佛在小说的高潮来临之际，不动声色地终止了叙述，使小说的现实出现了真空，而把琢磨的空间留给了读者。

这篇小说的主题我们可以这样理解：他人的生活空间，陌生人往往是无法轻易进入的。

在三千来字的篇幅中，卡佛以人物的动作和对话揭示他们的心理活动，简洁而不容置疑，场景感与人物的心理轨迹又十分清晰。如夫妻俩对于偷窥他人隐私的微妙变化，冒险般的兴奋、刺激，甚至变态的动作，以及不约而同产生的邻居不会回来了的念头，而且在邻居公寓里都忘了时间的流逝，这些都造成了阅读的新鲜期待与体验，而这也正是卡佛小说的迷人之处。

三

雷蒙德·卡佛有篇很有名的小说，最初叫《我的》，后来更名《大众力学》，收入自选集时又改为《小事》。

《小事》是一篇精短小说，如果你认为卡佛真的写了一件小事，那就上他的当了。

一对即将分手的小夫妻，为了孩子——确切地说是一个婴孩，而争执、厮打起来。"他"执意要孩子，而"她"坚决不放。

尖锐的矛盾冲突，就在瞬间发生了。

男女主角连名字也没有。"他"抢夺孩子步步紧逼，"她"一边护住孩子一边往后退。要命的是，"她"被逼退到了厨房的墙角，而这厨房中没有一点光亮。

在一片黑暗中，看不清任何状况，这是非常糟糕的事情。

黑暗，象征着生活的阴影。黑暗中的人生，往往在不经意间呈现了人性之恶。

小说中的"他"作为一个男人，当然是强势的，但是，女人为了守住孩子，也是不甘示弱的。也许，他们都是爱这孩子的，然而他们的暴力行为恰恰害死了孩子。

在黑暗中，"她抓住婴孩的手腕往后靠"，而"他"则抓住了婴孩的另一条胳膊"使劲往回拽"。他们都不愿意放手，没有任何妥协余地。他们的行为，从爱转化成为自私，转化成为不可逆转的暴力，然后迅速演变成一场悲剧。

　　两个成年人拼命争抢的手中，是一个鲜活的小生命，经得起这样的残暴较量吗？

　　"这个问题，就以这种方式给解决了。"这是小说的最后两句话，卡佛很冷静，很平淡，与题目相契合。

　　这篇微型小说仅数百字，在作家简洁而生动的描述下，惊心动魄的场景栩栩如生，让读者既紧张又担心，有喘不过气来的感觉。

　　当婚姻破裂之后，撕裂的不仅仅是一个婴孩，还有人性的创伤，因为家庭是社会的细胞，所以这样的分裂对社会同样是创伤。

　　《小事》不小，其沉甸甸的重量，让人几乎难以承受。

　　生活中，处处都是"小事"，结果如何呢？都是以"大众力学"的方式解决的吗？细细品味这篇小说的三个题目，不难发现其中包含了卡佛对人性的讽刺。

胡利奥·科塔萨尔:《正午的岛屿》

天涯社区闲闲书话版推出了一个很有意义的活动:闲谈。第一期是请书友闲谈阿根廷作家胡利奥·科塔萨尔的短篇小说《正午的岛屿》。

科塔萨尔是拉美"文学爆炸"的代表人物之一,短篇小说大师。加西亚·马尔克斯曾经这样评价他:"偶像令人尊敬、仰慕、喜爱,当然,还引发强烈的嫉妒。极少数的作家能像科塔萨尔这样激发上述的一切情感。"从中可见科塔萨尔的文学地位。

《正午的岛屿》选自科塔萨尔的短篇小说集《万火归一》。这是一篇迷人的小说,体现了科塔萨尔的小说风格。豪尔赫·路易斯·博尔赫斯曾经说过:"没有人能够为科塔萨尔的作品做出内容简介,当我们试图概括的时候,那些精彩的要素就会悄悄溜走。"即使这样,我依然要简要回顾一下这篇小说的内容,与各位分享。

玛利尼是一个罗马—德黑兰航班的乘务员,日常生活既单调又平庸，然而，每次航班在正午时光飞越而过的一个希腊岛屿让玛利尼十分着迷，每次都会凝神观看，渐渐地成为他无法舍弃的牵挂，同事们嘲笑他是"海岛疯子"。为此，玛利尼拒绝了调往纽约航班的调令，女友卡尔拉因此决定不要孩子，并终止了与他的关系，要与特雷维素的一个牙医结婚。对这座无名岛屿已走火入魔的玛利尼觉得，比起每个航班的正午时光来，"这些都算不了什么"。

终于有一天，玛利尼赶了一班夜里的火车，头一班船，换了一艘又脏又破的小艇，在黎明时候来到了这座由湛蓝色的爱琴海环绕着的岛屿。当岛屿涌入他的心时，他觉得自己要与旧我决裂了，不会离开这岛屿了。

然而，就在正午时光，飞机又飞临了岛屿的上空，并突然垂直坠入了下来。玛利尼从岛上冲向海滩，并拉起了一具穿白衣的躯体。失事的飞机破坏了岛屿美好的正午时光，在小说的最后，玛利尼隐去了，"那具睁着眼睛的尸体是他们（岛上的原住民）与大海之间唯一的新鲜事物"。

正是这最后一句表述，许多读者解读为死者就是主角玛利尼，认为是科塔萨尔魔幻现实主义的表达，而且，从玛利尼决意奔赴这座希腊岛屿的那一刻起，接下来的过程包括飞机失事，全部都是玛利尼想象的产物。

这使得这个文本充满了阅读的趣味。实际上，科塔萨尔在情节转换之间落笔很轻，但还是有迹可循。现实主义者认为，小说的前半部分，玛利尼在飞机上受到了爱琴海岛屿的强烈诱惑，而在小说的后半部分，玛利尼置身于岛屿上了，从想象回归到了现实。当飞机失事坠毁的一刹那，正午时光充满了死亡的残酷，一切美好的事物只能存在于想象之中。所以，科塔萨尔这样写道："抛却旧我并不容易。"

问题是，如果失事飞机上那个死者是主角玛利尼的话，那么科塔萨尔想借此表达什么主题呢？以死亡来解脱过去、抛却旧我？显然，这条消极之路是无法解决人类面临的困境的。

或许，这就是科塔萨尔故意留给读者去解读、去思考的玄秘之处。

中国小说·一

鲁迅：《阿Q正传》

鲁迅写的《阿Q正传》一百年来依然具有广泛的影响力，既自尊自负又自轻自贱的阿Q是一面镜子，映照出了某些国人的"劣根性"。直至今日，阿Q遗风犹在，《阿Q正传》无法速朽。

《阿Q正传》是一部伟大的小说。鲁迅在塑造阿Q这个形象时，是满怀同情与悲悯的，"哀其不幸，怒其不争"的背后，是深沉而博大的爱。看这阿Q，一个籍贯渺茫、连姓氏权都被剥夺了的底层平民，在末庄的生存地位是卑微的，其困境可想而知。

阿Q是一个彻底的无产者，只能寄宿在末庄的土谷祠里。在末庄，似乎每个人都可以凌辱这个贫民弱者，无论是赵太爷、假洋鬼子，还是王胡、小D，甚至是闲人。阿Q受人欺侮时，只会以精神胜利法安慰自己。有一回他挨了闲人的打骂，闲人心满意足地得胜走了，阿Q居然也是心满意足地得胜走了，因为他有精神胜利法："我总算被儿子打了，现在的世界真不像样……"

阿Q没有土地，也没有固定职业，但他是勤劳朴实的，"割麦便割麦，春米便春米，撑船便撑船"，一年四季给人家打短工以维持生计。他因为贫穷而娶不上老婆，便向赵太爷家的女仆吴妈跪下求爱，其行为甚是唐突，但比起那些道貌岸然却强取豪夺的人不知可爱多少倍。他充满了虚荣心，欲争长短装阔气而不得，弱小的他调戏更弱小的尼姑，说些"和尚动得，我动不得"的混账话，甚至迫于生计而进城帮闲偷窃发了财，一回到末庄便趾高气扬起来。

愚昧无知的阿Q具有了朦胧的革命意识，却认不准革命的对象，居然到静修庵里去造反，最后还稀里糊涂地牵涉进一桩抢劫案，连一个圆圈都画不圆的阿Q最终被送上了断头台。

阿Q短暂的一生，物质生活得不到基本的保障，精神思想被封建文化所侵害，他是一个可怜的奴隶，一个弱小的虫豸。

鲁迅以极大的热忱、博大的关爱，塑造了阿Q这一典型形象，试图以文学作品的形式反抗黑暗，针砭时弊，唤醒民众，从而改良人生。从《狂人日记》《阿Q正传》《药》到《孔乙己》《祝福》《伤逝》等小说中，都具有这样伟大的思想意义。阿Q至今都没有断子绝孙，酷肖阿Q的人尚在不断繁衍。

当年，罗曼·罗兰读了《阿Q正传》的法译本后，认为这部小说是"现实主义的杰作""阿Q的形象将长久留在人们的记忆里"。并且还说："法国大革命时期，也有类似阿Q的农民。"所以，阿Q不独是"国人的灵魂"的典型形象，他的言行举止具有人类精神的普遍属性。

沈从文：《边城》

小说《边城》是沈从文唱给湘西苗族文化的一曲深情挽歌。

翠翠在风日里长养着，把皮肤变得黑黑的，触目为青山绿水，一对眸子清明如水晶。自然既长养她且教育她，为人天真活泼，处处俨然如一只小兽物。人又那么乖，如山头黄麂一样，从不想到残忍事情，从不发愁，从不动气。平时在渡船上遇陌生人对她有所注意时，便把光光的眼睛瞅着那陌生人，作成随时皆可举步逃入深山的神气，但明白了人无机心后，就又从从容容在水边玩耍了。

《边城》中的这个翠翠是沈从文心目中的湘西苗族文化女神。这样一个美丽的遗孤形象，寄托了沈从文对苗族文化的挚爱与眷恋。

　　小说在一个诗意的自然环境与人类社会中，描写了山城茶峒码头船总顺顺的两个儿子天保和傩送与摆渡人的外孙女翠翠的曲折爱情。在"两山多篁竹，翠色逼人而来"的茶峒大河之畔，渐渐长大成人的翠翠出落得清纯自然、美丽可爱。天保、傩送两个亲兄弟同时爱上了翠翠，可是怀春的少女中意的是傩送，这个傩送却已有了一门亲事，是王团总家的小姐，嫁妆是一座崭新碾房。这样的纠缠，使得这个故事充满了趣味。

　　此时的湘西苗族文化正受到现代文化的冲击，利益观念悄然侵蚀着重义轻利的淳朴民风。就"碾房陪嫁"这件事情，翠翠觉得不可思议："碾房陪嫁，稀奇事情咧。"而在乡民中就有人这样说："人家在大河边有一座崭新碾坊陪嫁，比十个长年还好一些。"这就是传统文化与现代文明的必然冲突。

　　然而，翠翠与傩送毕竟是心有灵犀的，她始终固守着自己的心事。沈从文把翠翠的爱情写得十分内敛、含蓄而又坚定。她与傩送之间没有关于爱情或者婚姻的对话，更没有恋人间的山盟海誓，只有一种心理活动，一种心灵感应，或者是莫明其妙的泪水。她在睡梦中听到傩送唱的歌又软又缠绵，抵达心灵深处。然而，翠翠没有等到傩送给她唱三年六个月的歌，她眼前的现实世界竟然翻天覆地了。天保葬身于急流中，傩送只身出走。在一个雷雨交加的夜晚，渡船被冲走，白塔坍倒了，与翠翠相依为命的祖父也死了。所有的美好故事成为记忆，包括翠翠的爱情。

　　沈从文关于《边城》的创作曾经这样说过："一切充满了善，然而到处是不凑巧。既然是不凑巧，因之素朴的善终难免产生悲剧。"在不舍昼夜的川流上，满怀爱情的翠翠犹在幻想着：

　　这个人也许永远不回来了，也许"明天"回来！这个人就是傩送。她永远期待着心中的这个人能够回到边城，来到她的身边，为她唱三年六个月的歌，"在日头下唱热情的歌，在月光下唱温柔的歌，像只洋鹊一样一直唱到吐血喉咙烂"，然后幸福地嫁给他。可是，这仅仅是一个梦想，一个甜蜜而又忧伤的梦想。

　　这也正是沈从文的痛苦之处。

巴金:《家》

　　读完《红楼梦》之后，我对反映家族生活的小说充满了浓厚的兴趣。巴金的《家》进入了我的阅读视野，成为我青春时代十分欣赏的小说作品。这部小说描写的是 20 世纪 20 年代初期发生在四川成都的一个官僚地主大家庭里的故事。当时，五四运动的巨大浪潮席卷全国，新思想、新文化、民主、科学的思潮正猛烈地冲击着旧思想、旧文化、旧传统。在《家》这部小说中，可清晰地感受到当时社会现实的色彩斑斓、风云激荡。

　　《家》是巴金的代表作。小说中的每一个人物形象都血肉丰满、个性鲜明。高家公馆是社会生活的缩影，其中发生的故事也是时代的反映。小说以高家觉新、觉民、觉慧三兄弟的恋爱、婚姻生活为主线，写出了青年一代迷茫、觉醒、妥协、抗争的心路历程。新旧时代嬗变转型的剧烈冲突所发生的人间悲剧，令人扼腕痛惜。

　　觉新就是这样一个封建制度的受害者、牺牲品。作为一个封建大家庭的长子长孙，他既试图维护传统的封建秩序，又渴望新的生活，造成了他矛盾的双重性格，使他在不断的妥协、不断的屈从中经受了最为惨烈的人身打击。因为上一辈的恩怨，觉新与青梅竹马的梅中断了恋爱，娶了善良贞静的瑞珏，后瑞珏怀孕，长辈们的"血光之灾"论迫使觉新把瑞珏迁出公馆，迁到城外待产，瑞珏不幸难产而死，而在此之前，梅已郁郁而逝。封建礼教、封建迷信无情地夺走了觉新的两个最爱的女人，夺走了他的青春与幸福。

而老二觉民是一个具有进步意识的青年，他不愿意重蹈大哥覆辙，又难以摆脱封建桎梏，最后在觉新和觉慧的帮助下，终于得到了新女性琴的爱情。

小说中的觉慧形象，真正体现了巴金进步的理想。觉慧大胆、热情、勇敢，是封建家庭、封建社会的叛逆者。他反对大哥觉新逆来顺受的做法，支持二哥觉民抗婚、自由恋爱，他主张人格平等，追求文明生活，由自己主宰命运。他还石破天惊般地爱上了丫头鸣凤。他的所作所为，与封建道德秩序是格格不入的，也是以高老太爷为代表的封建强权意志所不能容忍的。他们为了拆散觉慧与鸣凤的恋爱，合谋着迫使十七岁的鸣凤嫁给六十多岁的冯乐山做姨太太。棒打鸳鸯两分离，鸣凤意识到横隔在她与觉慧之间的巨大障碍是她无法跨越过去的。而心高气傲的丫头鸣凤既不愿意最心爱的人为她做出更多的牺牲，又不甘心这青春之躯任人蹂躏糟蹋，她只能以死抗争，以一湖清水维护了自己的尊严与清白。小说写到这儿，有一句话让我记忆犹深："整个花园都在低声哭了。"这是整个世界在为青春情殇而哭泣。鸣凤之死，深深地震撼了觉慧的心灵，让他愤怒地离家出走。

汪曾祺：《汪曾祺短篇小说选》

我非常喜欢汪曾祺的短篇小说。恬情、淡逸、优美。早年读到他的《受戒》时，竟有些痴呆了：妙文如斯，真乃自然天成。这篇小说收笔时，汪曾祺写了这样一句话："写四十三年前的一个梦。"小沙弥明子与小英子之间朦胧而纯真的爱情，是否折射了作家青春时代的梦想？当小英子小声地对明子说"我给你当老婆，你要不要"时，我似乎看到了她那双像星星般闪动的眼睛，听到了她急促而又期待着的心跳声。湖泊，小船，芦苇塘，还有两个充满了青春气息的人儿。这真是一个美丽而又纯净的梦。

汪曾祺的小说写得散淡而又随意。但小说的神韵是内敛的，而且十分精致。他的小说，大多是回忆故人旧事，其叙事视角往往是历经沧海桑田之后的人世感慨，温情感怀，他要挖掘与展现的是人性之美，借以温暖尘世中的芸芸众生。所以，在他的小说中，几乎是刻意地回避了那些惨绝人寰的人性之恶，但也并不是熟视无睹。

《陈小手》中那个骑着白马的男性妇产科医生，一手接生绝活救活了多少难产的母子。有一次为"联军"的一个团长太太接生后，那个团长在背后给了他一枪，名医陈小手自此殒命，那些难产的妇人再也听不到白马陈小手"哗棱哗棱……"的銮铃声了，再也没有他那双柔小的手儿来接生了。我相信，"联军"团长那一枪也击中了汪曾祺的心灵，只是他不愿意故作惊人地去渲染这样的人间丑恶，而是不露声色地揭示与叹惜，从中可以看出汪曾祺的文学理想与审美情趣。这是一个善良而宽容的智者。

汪曾祺说过，我的一些小说不大像小说，或者根本就不是小说。他主张信马由缰、为文无法。读他的小说，让人想起沈从文的小说，如《边城》等。散文化的小说，不重故事情节，取气氛、意境为上。小说《受戒》结尾的一段文字，极是优美：

芦花才吐新穗。紫灰色的芦穗，当着银光，软软的，滑溜溜的，像一串丝线。有的地方结了薄棒，通红的，像一枝一枝小蜡烛。青浮萍，紫浮萍，长脚蚊子，水蜘蛛，野菱角开着四瓣的小白花。惊起一只青桩（一种水鸟），擦着芦穗，扑鲁鲁飞远了。

动与静，实景与妙喻，斑斓的色彩感，营造了散文的神韵，诗歌的意境。汪曾祺的叙述语言，糅合了地域方言，具有鲜明的民间色彩和新鲜的修辞效果。

在《大淖记事》等小说中，汪曾祺的描景状物都显示出了不凡的艺术功力，令人赞叹。在他的小说中，故事情节消解了，人物也只是陪衬。关于小说人物，他提出的一个见解："气氛即人物。"富有新意和创意。他小说中的人物，往往只是人物的素描。人物的音容笑貌、心理活动是在小说的气氛中体现出来的，但是他小说中的人物却能让人过目难忘、栩栩如生，如在眼前。

余华小说阅读笔记

余华的中篇小说

标志着新潮小说（或曰先锋文学）在中国文坛走向成熟的，是以余华、格非、苏童等作家的一大批作品为重要代表的。

令人叫绝的余华，连续在《收获》《北京文学》《钟山》等全国著名刊物推出一系列出色的中篇小说，展示了一个独特而神秘的世界。这个带着鲜明个性的世界唯属余华所有，且日益让文坛瞩目，谁也无法模仿也不可替代。在新潮小说长足发展的过程中，余华小说无疑具有十分重要的代表意义。

读余华的小说，你不能不惊讶于余华的情感世界居然充满了那么多光怪陆离的变形的独异的意象，你将直面这颗裸露的孤独、恐怖、敏感又神经质的灵魂，而不禁为之惊颤为之感伤为之神色黯淡。余华的艺术感受是无限微妙而深刻、丰盈而新鲜的。他的小说，从不做客观外部的一般描述，也没有故弄玄虚的编造，而是致力于表现人的深层意识和自我本能的变态的真实。

《四月三日事件》的整个事件极其简单，一个少年怀着一种本能的恐惧感，使他时常处在无端怀疑他人阴谋蓄害于他的极度惊恐之中。这篇小说，非常真实地表现了人在特定阶段特定环境下的没有依存的精神恐惧感，并因之失去了自我控制和自我把握的能力。在另一篇《现实一种》的小说里，余华以其凄厉之笔展示了人的动物性攻击本能，通过人与人而且是亲人之间的残杀而又相互残杀、没有同情心没有道德感的种种描述，深刻地揭示了人性之恶。在余华的其他几篇小说中，如《难逃劫数》《世事如烟》《河边的错误》似乎都有类似倾向。人性、人的命运及其精神行为，引起余华专注的热情与研究。特别是那部引起批评家们极大兴趣的小说《一九八六年》，余华更是以一支非凡的血腥之笔，通过表现一个疯子的疯狂自戕，直面兽性、残忍和疯狂，以唤回人的良知、记忆和自省。

读余华的小说，让人想起卡夫卡的变形或是陀思妥耶夫斯基的拷问。人类对这个赖以生存的世界所表达出来的忧郁、恐惧、绝望、痛苦、无常等感觉是极其微妙而短暂的。抓住这微妙的瞬间，表达出此种意识与感觉，无论是变形的还是常态的，只要是真实的，便获得了永恒的意义。余华的小说正是"把人的情感看作自己的本质，充分地发现人的内心世界"（刘再复《性格组合论》）而显示了先锋文学代表作品的艺术价值。

余华小说的魅力，还得益于其叙述艺术的才能。当文坛上一些先锋小说家们以其翻来覆去、峰回路转的叙述方式来加强艺术效果时，余华的小说叙述显示了丰厚的写实功力，他以从容有序挥洒自如的语言叙述，成功地营造了小说中的文学氛围。

英国小说家伍尔夫说："生活是与我们的意识相始终的、包围着我们的一个半透明的封套，小说就是把这种变化多端、不可名状、难以界说的内在精神表达出来。"对此，余华已在以往的小说创作中做出了成功的探索与努力。我作为余华小说的一个读者，期待着余华在未来岁月里的不断超越。中国文坛也这样期待着余华们。

小说《许三观卖血记》

读了《许三观卖血记》后，我曾经在《生命的寓言》一文中写道：生存，到了卖血的地步，无疑是严峻而残酷的人生磨难。而在极度残酷的生存境遇中，人类所独具的高尚品质、道德良知，便会以极端的方式闪耀出灼人的光芒，展现人类自身的伟大与崇高。

王安忆在评余华的《许三观卖血记》时，说到许三观是个"英雄"时，我不禁一震。给予许三观"英雄"称号的王安忆，有自己的尺度与理由。她认为，许三观卖血抚养的，是他老婆与别人的儿子。这就是现实中的英雄。

在读《许三观卖血记》的过程中，我始终充满了感动。而以"英雄"来解读许三观的思想行为，确实是令人震撼的。

小说中的一乐是许三观的老婆许玉兰与何小勇生下的孩子，对于许三观来说，无疑是一种巨大的屈辱。然而，当何小勇被大卡车撞倒后命悬一线时，当地有一个习俗就是让亲儿子上屋顶、坐在烟囱上喊魂，连着喊上半个时辰，那灵魂就会回来，垂危的人就会生还。但是，这个一乐已是许三观的儿子了，幸灾乐祸之后的许三观，却没有袖手旁观、见死不救，他认了一个理：做人要有良心。他对一乐说："只要是人的命都要去救，再说他也是你的亲爹……"

只要是人的命都要去救，这就是英雄所为。

有一次，当一乐负气出走，许三观把又饿又困的孩子找回来，背着他回家时，有这样一段描写：

> 一乐看到了胜利饭店明亮的灯光，他小心翼翼地问许三观：
>
> "爹，你是不是要带我去吃面条？"
>
> 许三观不再骂一乐了，他突然温和地说道：
>
> "是的。"

那个"突然温和"的声音，让我们感到了一种无比温暖的父爱，一种广阔无边的父爱。那是一个英雄般包容一切的宽广的胸怀。

后来，当下了乡的一乐得了肝炎需要送上海治疗时，因为没有钱，许三观重操旧业，一路卖血筹钱。这个年近五十的男人，为了多卖掉一些自己的血，一个人坐在石阶最下面的那一层上，一碗一碗喝着冬天寒冷的河水。然后一次一次地在那里哆嗦的许三观，真正地成了我们心中的英雄，让人不禁泪湿衣衫。

这样的英雄，虽然不是轰轰烈烈，却是感天动地。许三观不是神，只是一个承受着人生苦难的凡尘中人，一个我们生活中常见而被忽略了的普通人，但恰恰具有英雄的境界，英雄的本色。

《文城》：错失的相逢

依然是迷人的叙述与语境，让我毫不设防地进入到人物的悲欢离合中，读完了余华的长篇小说《文城》，心头如绵绵细雨里的江南一样湿润而忧伤。

> 他们停下棺材板车，停在小美和阿强的墓碑旁边。
> 纪小美的名字在墓碑右侧，林祥福躺在棺材左侧，两人左右相隔，咫尺之间。

那时，小美去世已十七年，林祥福惨死亦有多日。这样的相逢，于两位主角而言，无疑是此生无法弥补的巨大遗憾，也是我作为读者难以释怀的情感牵挂。

小说的主线是林祥福寻找"文城"小美的过程，余华由此描摹的是清末民初的乱世图景。自黄河之北来到江南小镇的林祥福，经历了台风、雪灾、军阀、匪患……种种天灾人祸构成的时代之殇，在溪镇演绎了人间的恩怨情仇，悲情的叙事中洋溢着"仁义""情义"的光芒，照耀着苦难中的世道人心。

《文城》的文本是厚重的，内涵是宏富的。在阅读过程中，我更关注乱世中林祥福与纪小美的最终结局。

为女儿找到母亲，为自己找到小美，这是北方男子林祥福永

远的心结，他与来自南方的小美发生了一场露水般的姻缘，生育
了一个女儿，然而小美在女儿满月之后不辞而别。林祥福将全部
家当装进庞大的包袱，怀抱幼小的女儿，越黄河，过长江，一
路南行，历尽千辛万苦，虽然找不到小美丈夫阿强虚构的"文
城"，却准确地抵达了小美的家乡溪镇。织补铺子里深居简出的
小美很快知道林祥福找来了，但她有意回避了，不与女儿相认，
甚至决定与丈夫阿强逃出溪镇，从而错失了与林祥福的相逢。小
美在让女佣把自己亲手缝制的婴儿衣服和鞋帽送给游荡在街道上
找人的林祥福后，得知林祥福已带着女儿离开溪镇，又南去寻找
文城了。

那个虚无缥缈的文城，"已是小美心底之痛，文城意味着林
祥福和女儿没有尽头的漂泊和找寻"。她不知道的是，向南而行
的林祥福因为突然得到的大红绸缎缝制的婴儿衣服和鞋帽，还有
女佣那一句"给小人穿"的声音——这正是小美说话的腔调，他
重新返回了溪镇，那时正大雪纷飞。

我与林祥福一样满心期待在溪镇找到小美，拥有一个圆满的
结局。然而，余华没有让我们如愿以偿，他以别出机杼的叙事策
略，使人物的命运发生巨大的转折。

这使我想起余华的中篇小说《古典爱情》，赴京赶考的柳生
偶遇了惠小姐，才子佳人一见钟情，私订终身。柳生第二次赶考
重逢阔别已久的惠小姐时，她已不幸沦为菜人，柳生倾其所有赎
回了惠小姐已被砍下的腿，并了结了她奄奄一息的生命，安葬于
河边。柳生第三次赶考依然榜上无名，他最终决定为惠小姐守
坟，了此残生，是夜他与栩栩如生的惠小姐相遇了。天亮之后，

他忍不住好奇，打开坟墓，发现死去经年的惠小姐正在长出新肉，他重新覆盖上泥土，期待她生还人世。然而，他未曾料到自己的行为彻底埋葬了惠小姐死而复生的可能。

余华以尖锐之笔解构了古典爱情的传统范式，作为先锋文学的实验作品，魔幻色彩中展现的生离死别令我震惊而难忘。同样，余华在《文城》中对于林祥福与纪小美的叙事走向，让他们以错失的相逢，幻灭大团圆的期待。

在冰天雪地的寒冬，小美不知道林祥福已带着女儿重回溪镇，她的心中充满了愧疚与负罪感，在城隍阁跪雪祈求，决绝赴死，以求自我救赎。而那天下午，林祥福路过城隍阁，看到许多人冻死了，而在远处雪地里那六具暂时无人认领的尸体中，就有他苦苦追寻的小美。但林祥福毫不知情，在溪镇扎下根来，以木工手艺谋生，依然在寻找小美——而这注定是徒劳无获的。

这比《古典爱情》更惨烈，柳生至少确切知道了惠小姐的生与死，而林祥福始终活在虚幻无望的寻找中，直到惨死在土匪刀下。林祥福与小美最终只能以死亡的方式相逢，使这个以爱情面目发生的故事在悲剧美学的意蕴中画上了沉重的句号，令人千古浩叹意难平。

王朔：《玩的就是心跳》

　　王朔善侃，把写作称为"码字匠""玩文学"。在常人的心目中，文学是十分神圣、十分崇高的，作家与教师一样，是人类灵魂的工程师。而王朔的"玩文学"虽然不是大逆不道，但是，对文学的嘲讽、轻视、亵渎……都有了，整个儿都颠倒了。他还有一句广为流传的名言："过去作家中有许多是流氓，现在的流氓则有许多是作家。"把那些道貌岸然的正人君子们气得吹胡子瞪眼，大动肝火，却又无可奈何。

　　王朔的小说更邪了。在《玩的就是心跳》这部小说中，他对现实生活中存在的丑恶现象开了许多"玩笑"。

　　那些在人们价值观念中认为神圣不可侵犯的东西，王朔偏要来一番戏弄和调侃。一向循规蹈矩的国人被王朔"玩"得目瞪口呆，不知所措，回醒过来才发现王朔侃的却是常人不敢说又不该说的话。于是，王朔的小说似乎理所当然拥有了一个特定名词：痞子文学。

只要看看王朔的小说目录，如《玩的就是心跳》《千万别把我当人》《我是你爸爸》《过把瘾就死》《爱你没商量》，有一点正经没有？全是痞子加流氓的语言方式，"我是流氓我怕谁？"

然而，王朔的小说着实在中国文坛"火"了一把，彻底过了一把瘾之后还没死。与严肃的"主流文学"相比，王朔的"痞子文学"在当代小说消费中，是最受欢迎的一个品种。这是一个不容忽视的事实。正如著名作家王蒙在《躲避崇高》一文中所指出的：

　　　　承认不承认、高兴不高兴、出镜不出镜、表态不表态，这已经是文学，是前所未有的文学选择，是前所未有的文学现象与作家类属，谁也无法视而不见。

王朔的小说，写的都是现时代的小人物，语言、行动、思想、感情，都有非常平民化的。他"玩"得很实在，很亲切，也很随意。他无意去充当人类灵魂的工程师，人类精神的救世主。他只想像一个朋友似的与你面对面、无所顾忌地侃他所想侃的，他很轻松，你也很轻松，这样挺好，皆大欢喜。他要的就是这样一种感觉，用文字与读者交流共鸣。

王朔的小说至少给我们提供了这样一种信息：小说可以这样写，也可以那样写。小说的形式，包括结构、语言、主题，是多元开放的，不必总板着一副道学面孔。

我们活得已经够累了，偶尔玩玩心跳的感觉，也是有益身心的事儿。

莫言：《檀香刑》

《檀香刑》是一部具有中国特色、民族气派的优秀小说。小说的结构运用"凤头——猪肚——豹尾"的传统模式，叙述却是多角度的手法。小说以"猫腔创始人孙丙抗德"为主线，在孙眉娘与他的亲爹、干爹、公爹之间的生死恩怨中展开，再现了清朝末期发生在"高密东北乡"的一场轰轰烈烈、可歌可泣的抗德运动。小说中的主要人物与作者一起，从不同角度给我们讲述了这个悲壮动人的故事，从中让我们审视和自省民族的历史与民族的精神。

在《檀香刑》中，我再一次领略了莫言的激情与冷峻。如孙眉娘对她亲爹孙丙的爱恨交加，对干爹钱丁的一往情深，描写得激情洋溢、回肠荡气；而对她公爹赵甲的一次次行刑过程，作者叙述得如此冷峻、如此凄厉。

读到《檀香刑》中赵甲的行刑过程，如砍头、腰斩、凌迟，首先考验的是阅读者的意志与忍耐力。莫言的叙述一丝不苟，不露声色。如同卡夫卡的小说《在流放地》中所描写到的那部"杀人机器"一样，无微不至、触目惊心。赵甲是清朝的一部"杀人机器"，他砍下的人头"比高密县一年出产的西瓜还要多"。《在流放地》中的"杀人机器"只是一部机器，而赵甲这部"杀人机器"却是一个人。但他的人性异化了，当《在流放地》中的那个军官面对"杀人机器"而疯狂时，职业杀手赵甲始终是冷漠、理智而敬业的。事实上，他比那部"杀人机器"更加技术化，更加可怕，更加令人惊恐不安。他最后的杰作就是创造发明了酷刑史上史无前例的檀香刑。莫言清晰而冷静的叙述，对于历史、对于人性、对于酷刑的批判，具有了入木三分的力度。

而小说中猫腔凄婉苍凉的旋律，自始至终回响在我的耳畔，回荡在我的心中；高密东北乡人义无反顾的侠肝义胆令我心生敬意而至神往。

无论是激情还是冷峻，都是那么强烈逼人，刻骨铭心。

史铁生：《命若琴弦》

史铁生是一个令人尊敬的作家。初中毕业后他去延安插队，从二十一岁起不幸双腿瘫痪，从此无法站立行走。人生受到如此重创，尘世的梦不再绚丽。然而，史铁生寄梦想于文字中，在孜孜不倦的追求中，实现了人生的另一种站立。他以小说《我那遥远的清平湾》扬名文坛，随后佳作不断，《命若琴弦》《我与地坛》《插队的故事》《奶奶的星星》等作品，一次又一次地震动文坛，打动着无数的读者，为之感动，或者深思。

史铁生有篇千字文《秋天的怀念》，一直让我记忆犹新。其中有个细节是母亲聊起他少年的事儿时说道：

> "还记得那回我带你去北海吗？你偏说那杨树花
> 是毛毛虫，跑着，一脚踩扁一个……"她忽然不说了。
> 对于"跑"和"踩"一类的字眼儿，她比我还敏感。

作为一个残疾人的母亲，她那颗心灵分外细腻，分外敏感，唯恐一不小心伤害了自己的儿子。短短千余字，写得情真意切，令人动容。

《命若琴弦》也是一部反映残疾人命运的小说。一老一少两个瞎子，每人一把三弦琴，走乡串户，说书为生。在老瞎子的琴槽里，他的师父为他封着一张药方，在他弹断一千根琴弦之时，就可以取出这张药方，抓药治病，眼睛复明。然而，当老瞎子终于弹断了一千根琴弦之后，那张他珍贵地保存了五十年的药方居然只是一张无字白纸。但是，老瞎子没有把这个真相告诉小瞎子，他郑重地把那张无字白纸封进了小瞎子的琴槽，对他说："记住，得弹断一千二百根。"

盲眼艺人的命就在这琴弦上。师父的师父说：

　　　　人的命就像这根弦，拉紧了才能弹好，弹好了就够了。

琴槽里的药方，永远只是虚设的目的，永远是不可能实现的。然而，这是人的精神支柱。失去了这样的支柱，生命的原动力就没有了，就只能等待着死亡。一代又一代盲眼艺人就这样在一个虚幻的目标激励下，走向生命的终点。

史铁生在小说中所揭示的生命哲理发人深思。于盲人而言，命若琴弦是宿命，活下去是严峻的现实。

只能扯紧欢跳的琴弦，不必去看那张无字的白纸。

事实上，那是人类共同的命运。我们终其一生，都生活在美丽的梦想与虚设的目的之中，而生命的过程是色彩各异的。

苏童：《妻妾成群》

对于我们的阅读来说，20 世纪 80 年代真是一个温暖的黄金岁月，不仅国外的经典名著大量涌入，而且国内的小说家也写出了许多令人耳目一新的小说。苏童的小说使我当时的业余生活有滋有味。小说《妻妾成群》被视作是苏童先锋叙事形式后的一部转型之作，在这部小说中，苏童以现代的眼光和思索叙述了一个古老的故事。后来，这部小说被张艺谋拍摄成电影《大红灯笼高高挂》。

"四太太颂莲被抬进陈家花园时候是十九岁。"这个受过高等教育的颂莲进入陈家大宅时，她的身份只是陈佐千的一个小妾。一个"五四"以后的新女性，没有以叛逆、抗争的姿态主宰自己的命运，反而心甘情愿地走进幽深古老的旧家大宅，这种无可奈何的妥协与顺从，是女性在男性霸权下艰难生存的真实反映。易卜生笔下的娜拉坚定地离家出走，这个艺术形象曾经感召了多少中国青年女性，然而她们在现实生活中四处碰壁后，大多返回到旧家庭中，接受如此不堪的宿命般的悲剧命运。

对于四太太颂莲来说，她应该明白，陈家大宅对她的生存是一个严峻的考验。这儿的每一个角落都是阴森恐怖的，每一个人都在钩心斗角。颂莲这样一个青春靓丽的知识女性，围绕着陈佐千这个一家之主与其他太太们争风吃醋，以其富有神韵的女人味、清纯脱俗的气质，还有"床上的机敏"，获得了陈佐千的欢心，巩固了她在这个大家庭中的生存地位。但是，在这样残酷的女性战争中，她的心理不可避免地被扭曲而至畸变。颂莲听到飞浦吹箫，箫声中是青春的怀念，然而青衣白裙的学生时代毕竟已一去不复返了，为之动容的或许只是满目的荒凉与伤感。四面高墙，春风难度，她只能禁锢着自己的心灵。而从春天到春天，颂莲经历了争宠、受妒、失宠、怨恨、恐惧和发疯这样一个过程，走向了千百年来女性们殊途同归的悲剧之路。

侯门深似海。陈家大院始终是一派幽怨、寂寥，没有欢笑也没有活力。苏童让小说中的人物充满了矛盾与纠缠，充满了人性的冲突，充满了死亡的气息。

《妻妾成群》中每一个女人，无论主仆，都是不幸的。她们畸形地演绎了一幕又一幕人间悲剧，最后都成了男权社会的殉葬品。与高医生相恋的三太太梅珊东窗事发，受到家法处置，被无情地沉入了古井。在黑暗的夜色中，颂莲看到了这一幕黑暗的惨剧，她疯了。梅珊在黑暗中的无力挣扎是徒然的，她生前唱过的京剧"叹红颜薄命前生就，美满姻缘付东流"，早已预示了她的最终归宿。颂莲行尸走肉般地活着，这是比死亡更恐惧的现实。

这深不可测的古井，如果不能把它填满废弃，终将吞噬一个又一个悲情的冤魂。因为，在小说的结尾我们看到，即将垂死的老爷陈佐千又把五太太文竹娶回了家。

阿来：《尘埃落定》

一个声势显赫的康巴藏族土司，在酒后和汉族太太生了一个傻瓜儿子。这个人人都认定的傻子与现实生活格格不入，却有着超时代的预感和言行举止。读阿来的《尘埃落定》时，看到这个傻子，便想起了福克纳的白痴班吉、辛格的傻瓜吉姆佩尔、韩少功的傻瓜丙崽，还有余华的傻瓜来发。"傻瓜"成为作家笔下的主角，从中透视现实，折射人性，这使我们的阅读饶有兴趣。

在阿来明净流畅的叙述中，康巴藏族土司制度在崩溃前的喧嚣与骚动，其魔幻色彩、诗意描写无不充满了藏族文化的神秘感。然而，几经阅读后，我对自己的感觉发生了怀疑。因为阿来在这部小说中的叙述主角"我"，既是作者阿来，又是傻子二少爷，采用这样的"全知视角"来叙述故事，"我"就成了一个相当不可靠的叙述者。诗人阿来、小说家阿来与傻子二少爷结合在一起，便是一个无所不知的聪明的叙述者。

和风吹拂着牧场。白色的草莓花细碎，鲜亮，从我们面前开向四面八方。间或出现一朵两朵黄色蒲公英更是明亮照眼。浓绿欲滴的树林里传来布谷鸟叫。一声，一声，又是一声。一声比一声明亮，一声比一声悠长。我们的人，都躺在草地上，学起布谷鸟叫来了。

小说中类似这样的叙述，是诗人、小说家阿来的，而不是傻子二少爷的。但阿来的叙述策略，恰恰是要通过傻子二少爷来完成。

福克纳在小说名著《喧哗与骚动》中的白痴班吉这个形象，是符合傻瓜特征的典型形象。白痴班吉混乱、无序的思维与行动，没有逻辑思维能力，没有时空感知概念。福克纳以一个白痴的"限制视角"，让班吉随意地、凌乱地讲述他的所见所闻所想，与其白痴的身份浑然一体。而阿来笔下的傻子二少爷却是一个全知全能的叙述者，他清醒而富有远见，诗意而又超现实，所以这个傻子不是一个具有傻子特征的形象。选择这样的叙事形式，或许作家阿来有自己的思考，但从小说文本的效果来看，以一个傻子的视角支撑整部小说的叙述，却又是不可信的全知视角，这是令我十分疑惑的艺术手法。因为傻子二少爷，是一个比我们聪明了不知多少倍的"傻子"。

无字我心，无声悲歌

在一个阴霾的早晨，那女人坐在窗前向路上望着……

这是小说《无字》中女主角——作家吴为在给母亲叶莲子写的那部书中的第一句话。这个句子中一个"望"字，蕴藏了深刻的寓意，如守望、盼望、希望，乃至失望、无望、绝望，然而无论怎样，千百年来自古皆然的女性们总是以翘首以待的姿态，在怀疑爱情、对爱情深怀恐惧之心的同时，又如飞蛾扑火般义无反顾地投向爱情的怀抱，哪怕受尽了伤害，耗尽了生命。如这小说中的吴为，在情感世界里历尽沧桑，伤痕累累，直到最后，她对爱情的绝望，比对死亡的感觉更绝望。

长达八十万言的《无字》是著名女作家张洁历时十二载创作的长篇力作，这部凝重恢宏、空灵隽永的小说，在风云际会、百年沧桑的时代背景中，以女作家吴为的人生经历为主线，对吴为及其家族几代女性的婚姻、情爱经历进行了深情沉重的审视与自省。

小说《无字》以文学的方式反映女性苦难的婚姻、疼痛的爱情，在风云激荡的时代历史中考察女性的生存状态，让我们看到了女性从来没有以独立的精神姿态完成迁徙的人生现实。

在吴为时空交错的回忆中，生于忧患与动乱年代的外祖母墨荷的悲惨命运，成为这个家族单传女性婚姻的咒语，触目惊心地延续而来。吴为的父亲顾秋水被吴为称之为"兵痞"，是造成她们母女俩不幸一生的根源。顾秋水既摧残了叶莲子的情爱世界，又伤害了吴为的精神人格。忍辱含垢、悲苦一生的叶莲子无法保障自己的婚姻，一旦被丈夫抛弃，就连生存都成了一个严峻的问题，不能主宰自己的命运，还奢望得到什么真正的爱情？

吴为与胡秉宸的恋爱堪称"革命时期的爱情"。胡秉宸是一个政治人物，一个已婚者，一个有魅力的成熟男人，而吴为是一个才华横溢的女作家，他俩的结合，具有叛逆与反传统的意义。可是这样的婚姻，充满了政治的色彩，而显得危机四伏，动荡不安。值得吴为交出生命去爱的那个胡秉宸，却是一个自私、猥琐的男人，他对吴为的爱，几乎只是一种狎妓式的爱。他曾在一次夫妻俩的口角中恶意伤人："你知道人家说你什么？说你是个烂女人，都说我和你这种拆烂污的女人结婚是上了你的当。可我怎么就鬼迷心窍地和你结了婚？"这样的话是婚姻围城中任何一个女人都无法忍受的。

作为母亲的叶莲子，早已洞悉了女儿后来的悲剧，但她无力阻止这场婚姻，眼睁睁地看着女儿走向深渊。吴为是一个情感纤细、感觉敏锐的女作家，对于那个在实际生活中游刃于前妻白帆与后妻吴为之间的胡秉宸，尽管她痛感的是爱情的绝望，可又难于舍弃这个勾绊了她一生的男人。她们的人生际遇，直教人扼腕叹息。

爱情可以让一个女人一叶障目，痴迷不悟。而在传统的男权文化中，女性所付出的心血、真情，甚至生命，往往得不到男性的尊重、守护与爱惜。吴为的发疯自绝是她最后的抗争。但是这样的抗争，在男性话语霸权之下显得如此柔弱无力。从墨荷、叶莲子到吴为，她们相遇的那些男人，无不践踏她们心目中神圣而又伟大的爱情。这使我想起张洁在小说《方舟》的题记："你将格外地不幸，因为你是女人。"读完《无字》，我更深刻地理解了这句话。值得欣慰的是，吴为的女儿禅月作为当代青年女性的一个缩影，绝不愿意重蹈从墨荷到吴为的苦难婚姻的覆辙，她说："姥姥，妈妈，瞧瞧你们爱的都是什么人？咱们家的这个咒，到我这儿非翻过来不可！"

张洁在小说创作上，始终在努力探索。如在《爱，是不能忘记的》这部作品中，作家表达的是对理想爱情的召唤与坚守。《方舟》则是把这种爱情的理想和浪漫推向现实，接受严峻的考验。时隔二十年之后，张洁通过《无字》这部小说，对爱情表达了激愤的怀疑与叩问。现实中，爱情的真相确实是面目可疑的，张洁以尖锐的文字之刀，撕开温情脉脉的情爱面纱，已看不到曾经山盟海誓的容颜。小说《无字》中的女性情爱史，与时代历史交织一起，从中透视女性与男性、婚姻与家庭、个人与群体、理想与现实的关系，扫描了女性在社会、文化中的真实处境。因此，《无字》具有了深刻的文化意义与丰盈的审美意蕴。

《无字》是张洁为自己而创作的一部作品，其爱恨情仇是如此炽烈、坦荡与纯粹，一如既往地永葆了一个优秀作家的激情与才华。在接受《南方日报》记者采访时，张洁曾这样说过："哪怕写完这部长篇马上就死，我也甘心了。"

无字我心，无声悲歌。

《生死场》阅读札记

在纪念世界反法西斯战争和抗日战争胜利五十周年的日子里，我读到了萧红写于一九三四年的小说《生死场》。这部小说由于有悖于当时国民党所施行的"训政"之道，而无法公开出版。后在萧军的帮助下，作为《奴隶丛书》之三"非法"自印出版。然而，因为《生死场》真切地描绘出了当时"北方人民对于生的坚强，对于死的挣扎"，而得到了鲁迅的高度评价，在黑暗的岁月里产生了广泛的影响。

《生死场》写出了二十世纪三十年代我国北方乡村广大人民在"生死场"上的原生状态。北方人民那种对牲畜、土地、家园的热爱，质朴得令人感动，而他们沦为奴隶的地位，"蚊子似地生活着、糊糊涂涂地生殖、乱七八糟地死亡"（胡风《读后记》），确实又是那么令人触目惊心。当日本旗替代了中国旗，宣传"王道"的汽车与鬼子的铁蹄一起肆虐在这片苍茫的土地上时，他们的命运更加不幸了。然而，我们的人民却是坚强而有血性的，即使是这样一群乡村农民，也没有被驯服和奴化，反而悲壮无畏地奋起抗战了。李青山慨然说着："今天……我们去敢死……决定了……就是把我们的脑袋挂满了整个村子所有的树梢也情愿……"老赵三流泪道："等着我埋在坟里……我要中国旗子，我不当亡国奴，生是中国人，死是中国鬼……"就是连一群寡妇也悲怆地高喊着："是呀！千刀万剐也愿意！"读至此，我无比激动，热血沸腾。在神圣的民族战争中，他们虽然不是中流砥柱，却是我们中华民族得以在血泊与苦难中顽强生存和刚强屹立的脊梁！作者在行文描述中，倾注了深深的崇敬之情，并强烈地感染着读者。

在阅读《生死场》的过程中，我始终为作者雄迈激昂的心境所感奋。作为一个女性作家，萧红的叙事与写景，充分发挥了纤细柔美的风格。如第一章有这样一段描写："早晨了，雨还没有落下。东边一道长虹悬起来，感到湿的气味的云掠过人头，东边高粱头上，太阳走在云后，那过于艳明，像红色的水晶，像红色的梦……"优美而简洁，极富诗意，又与贯穿于小说中的悲壮氛围相融合，而那种阳刚之气又是如此激越：

哭声刺心一般痛、哭声方锥一般落进每个人的胸膛。一阵强烈的悲酸掠过低垂的人头，苍苍然蓝天欲坠了！（节选自第十三章）

他们的衣装和步伐看起来不像一个队伍，但衣服下藏着猛壮的心。这些心把他们带走，他们的心铜一

般凝结着出发。（节选自第十五章）

其文笔凝重，掷地有声，显示出了萧红独特的艺术手笔和审美指向。

萧红英年早逝，令人惋惜。但是，一部《生死场》足以奠定她在现代文学史上的地位。今天，我读着这部小说，随手写下自己的感想，借此怀念那才华横溢又刚毅过人的英灵。萧红在短暂的人生岁月里，留下了一部《生死场》，这令她的生命得到了永恒，这就是人生的意义，文学的意义。

张爱玲：《异乡记》

张爱玲的《异乡记》，是一本薄薄的书，一百来页、三万余字。那一年去泰国旅游时，我还特意带上了这本书，一起跋山涉水。回来后一直放在枕边，如果晚上失眠，就翻读几页。可见我对这本书的喜爱。

《异乡记》是张爱玲的遗稿，自传性散文。张爱玲写自己从上海启程，前往温州，目的是寻找正在逃亡的汉奸胡兰成，而胡兰成恰恰是这个高傲的女作家生命中的男人。遗憾的是，《异乡记》因为没有完稿，所以仅仅只是写了上海到温州旅途中的见闻，没有抵达情感纪行的终点。

然而，张爱玲津津有味地描述了旅途中看到的底层生活、乡村风俗，如火车上的士兵，逃难百姓、小商贩、农民，甚至过年杀猪、乡村茅房等，呈现了二十世纪四十年代中期抗战胜利后浙江现实生活的真实面目。张氏笔墨生动而又饱满，即使是灰色的乡村生活，也写得有滋有味。

想起张爱玲的小说《小团圆》，她把自己化身盛九莉，把胡兰成化作邵之雍。我们看到九莉历经千辛万苦赶到了温州，终于见到了之雍，然而，情缘流散，无法挽回。《小团圆》中有一句话："他乡，他的乡土，也是异乡。"这样的感触应该是来自《异乡记》。人在异乡，两个不同的人生世界，纵然万分眷恋，万分不舍，亦是无法"团圆"的。

张迷欲探秘张爱玲与胡兰成的情史，除了张爱玲的小说《小团圆》、胡兰成的散文《今生今世》，绝对不能放过《异乡记》。《异乡记》作为散文体文字，读者从中更能体味张爱玲的情感奔赴与心路历程。

遗憾的是，生前的张爱玲没有写完《异乡记》，这部残稿没有逗号，也没有句号。

所谓"岁月静好，现世安稳"，只是胡兰成在上海滩对张爱玲的空虚许诺，终其一生，无法兑现。

韩寒的《三重门》

女人愈老声音愈大，而男人反之，老如这位化学老师，声音细得仿佛春秋时楚灵王章华宫里美女的细腰。讲几句话后更变本加厉，已经细成十九世纪俄国上流社会美女的手，纯正的"未盈一搦"。那声音弱不禁风，似乎有被人吹一口气就断掉的可能。

上述绝妙之句选自韩寒的长篇处女作《三重门》。读到如此幽默、老到的妙喻，令人忍俊不禁。而我深为惊讶的是，这样的语言竟然出自一个"七门功课红灯、照亮我的前程"的高一学生之手。少年奇才韩寒虽然在功课上"大红灯笼高高挂"，并且因此而留级。但是，他在文学上的天赋与才华，已在一九九九年以一篇《杯中窥人》获得全国首届新概念作文大赛一等奖而浮出海面。

少年文章惊天下。韩寒的小说《三重门》以"林雨翔"这个少年形象叛逆不羁的思想、玩世不恭的行为，对现行教育体制予以尖锐抨击与猛烈抗衡。校园中的青春时代面对学校、家庭、社会等一重又一重森严壁垒的"门"，充满了迷茫、无助和痛苦。韩寒批判的锋芒指向了诸如"应试教育"这样的教育体制，在文学界、教育界引起了轩然大波。因此，这部小说的意义，不仅仅是文学的范畴，而且具有广泛的社会性。

韩寒的《三重门》让人想到钱钟书的《围城》——老到、锐利、幽默、智慧。当年我读《围城》，深为钱钟书精到而又酣畅的妙喻警语拍案称奇。记忆犹新的是他写到苏文纨的爱情时，笔锋一转这样写道："那时候苏小姐把自己的爱情看得太名贵了，不肯随便施予。现在呢，宛如做了好衣服，舍不得穿，锁在箱里，过一两年忽然发现这衣服的样子和花色都不时髦了，有些自怅自悔。"自钱钟书的《围城》以后，忽然读到韩寒的《三重门》，眼前没有一亮是不可思议的，也是没有理由的。也许，我们不能把《三重门》与《围城》作单一的类比，然而，韩寒的语言颇得钱钟书的真传，似乎是不容置疑的。况且，韩寒才十七岁，后生可畏，英雄出少年。

阅读《三重门》，那些关于人物、结构、思想等小说要素都可以忽略不计，仅就那引经据典新意迭出的语言，已让人汗颜、叹服。这就是语言的魅力，当然，这不是韩寒在消解文学的意义（或曰教化功能），这仅仅是我的阅读取值而已。相反，韩寒非常重视这部小说的另一种意义，这个留级的、现已休学在家的高一学生希望通过《三重门》以及他的另一本即将出版的文集《零下一度》能让中国教育部门及其语文教育界"反思反思好好反思用心反思。"

反思什么？韩寒的用意不言而喻。所以我说"后生可畏"，谓予不信，你去读读《三重门》就知道了。

所谓"另类文学"

"另类文学"其实是某些评论家们杜撰出来的名词。新时期以来的中国文坛，各种"流派""旗号"多得让人眼花缭乱。然而，大多数的作家并不在意，或者不屑一顾这种由不是作家的人臆想出来的所谓"流派"。余华曾经这样说过："没有一个作家会为流派而写作。"他还说："先锋派是我们八十年代写作时批评家给我们找的词。对我自己来说它并不重要，过去不觉得它有多重要，现在更不觉得它有多重要。"

小说就是小说。每一个作家在投入创作时，都有一种艺术追求上的自觉性，他们无不企图通过作品的形式与内核留下自己的独特创见。所谓的"另类文学"也是如此。

例如棉棉、卫慧。她们的视角，虽然倾情于"一个问题女孩的成长过程"或者"上海秘密花园里的另类情爱"，她们的语言虽然惊世骇俗，如"用身体检阅男人、用皮肤思考"。然而，她们与所有作家一样，关注的是"人"这个永恒的主题，写出了当代中国某一部分青年人的生存现状：前卫、疯狂、张扬、荒诞、毁灭。也许，她们笔下的人物在我们的传统小说中还没有出现过，是"异类""另类"。但是，美国作家塞林格在一九五一年出版的《麦田里的守望者》一书中的霍尔顿·考尔菲德，就属于这一类人物。霍尔顿是"垮掉的一代"的代表，张口"他妈的"，闭口"混账"，抽烟、酗酒、逃学。这样一个小说人物，在当时的美国也引发了轩然大波，也有人视作洪水猛兽。而棉棉的"红"、卫慧的"倪可"，她们与霍尔顿在精神上是一脉相承的。没有理想，没有目标，也没有崇高，只有感官的游走、情欲的放纵、青春的挥霍。

然而，这是一种无法漠视的文学现象。透过这些文字的表象，我们清晰地倾听到棉棉、卫慧们心灵深处痛苦的呐喊，撕心裂肺而又歇斯底里。所以，作家赵玫说："去了解棉棉们""这样的阅读所检验的，首先是我们的胸怀"。作家陈染也说："她们只是张扬自己的观念和生活态度。"

在"蝴蝶的尖叫"声中，我们看到了青春与生命以"另类"的形式残酷而美丽地毁灭着。她们如此年轻的生命，如此靓丽的年华，到底承载着怎样的一种人生之重，并且非要撕碎、赤裸这样的人生让世人正视？

而在这样一种人生状态中，我们竟然听到了如此激情而富有诗意的歌声："赛宁离开我已有三年，他是我流不出的眼泪说不出的话；他是我镜中的魔鬼笑容里的恐惧；他是我死去的美丽；是我拥有了就不再拥有的爱情（棉棉《糖》）。"这样迷人的句子和韵律，触到了我们心灵中最柔软的一角，让人深深地为之感动。

　　垃圾是糖，苦涩而又甘甜。棉棉们在咀嚼、在吞咽这一粒粒垃圾糖。苦涩是必然的，甘甜却未必。这是真的人生。我们没有棉棉们的勇气与果敢，但是可不可以多一些理解多一些宽容？

　　所谓的"另类文学"如同妖冶异常的红罂粟，我们在本能地排斥它是一种毒品的同时，同样也不可否认它具有的药理功效与药学价值。

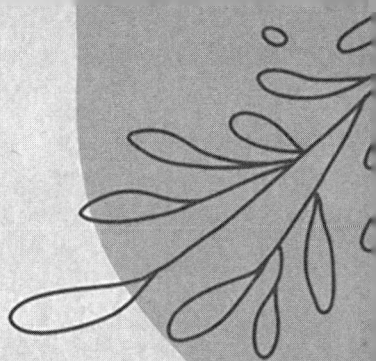

中国小说·二

充满诗意的精神田园

　　《小学老师》是李森祥短篇小说的代表作。阅读经验使我们相信李森祥拥有一片绝对温馨、安谧、诗意的精神田园——那就是他生于斯，长于斯的故乡。从有限的文字中得知，李森祥离乡，从戎，时空的距离使他对故乡产生了一种极其亲切、真实的回忆。这种回忆成为李森祥小说创作的契机与灵感。他带着美学的思考，从容而艺术地审视故乡的人和事。他沉浸在这片心灵与精神的田园，不断地创造，不断地收获。他的表现方式完全是个人化的，叙事手段是那么精致。读李森祥的小说，很容易让人想起汪曾祺、孙犁。他以敏锐的文学感觉、浓郁的乡土气息、细腻的情态和清纯的语言，使得那些凡人俗事具有了美学的意蕴。李森祥的以《台阶》为代表的前期小说，基本上侧重于"家族圈"的表现。而《小学老师》则开始走向更为广阔的乡村社会。表现视野的转换，意味着李森祥小说创作的超越，同时预示着他将凭着自己的艺术触角不断开拓。

《小学老师》由《算盘》《玉牙》《字墨》这三个既相互联系，又独立成章的短篇小说组成。与作者以前的小说一样，《小学老师》仍然采用童年视角来叙述故事，以第一人称写了三个平平凡凡、个性各异的乡村知识分子。

如果变换一个阅读角度，我们可以看到，《小学老师》写出了这些老师与工作的乡村社会，那样一个人文环境，这使得小说具有了开阔、多元的意义。

《算盘》里的陈老师，村里人都叫他陈算盘。陈老师不仅自己算盘打得好打得精，而且在生活中也名副其实是一把好算盘。小说通过他自备的轮伙吃饭的搪瓷盆碗和一只积粪的茅坑这两个细节，写活了一个循规蹈矩的老师，一把精于计算的算盘。而他的处世方式深深地影响着村里人，使村里人皆以陈算盘为生活信条和生活楷模："要是我们这儿子大起来也像他这么有算盘就好了。"这里的算盘已是一种传统文化观念的象征。正是通过算盘的象征意义，李森祥揭示了我们乡村社会中某种文化积淀层。从这个角度看去，我们可以感到了类似李锐《厚土》系列和矫健一些作品的内蕴。

《字墨》中的吴秀才是一个土生土长的乡村知识分子。他写得一手好字，尤其擅写"福"字。他的字能医治疗疮脓肿，能使猪吃了长膘。吴秀才的字被神化了。不幸的是，他一生写了那么多"福"字，自己却无福可享。他的女人也患了绝症。为了给女人治病，吴秀才到处刨坟找人骨，煎汤熬药，又不幸自己双手中毒，腐烂不已。吴秀才临终之前支撑着残掌，在自己的寿棺上写了最后两个"福"字。那字凝聚了吴秀才一生的精气神，真是入木三分，力透棺木。这一神来之笔，深刻地写出了吴秀才的悲惨命运，令人叹息，令人扼腕。

三篇小说中的《玉牙》是一篇不可多得的佳作。小说写了一个叫"哭虫"的男孩的男子汉生理觉醒的人生阶段。对此，著名作家茹志鹃在《谈李森祥的〈小学老师〉》一文中已做了极为精彩的评析。李森祥极有分寸和精细地把握了人生微妙阶段的艺术表现，描写细腻，行文洗练。这种成功的尝试，为小说题材的进一步拓展提供了实验性的文本。这也正是《玉牙》的价值所在。

李森祥小说最大的艺术特点是文本简洁和善抓细节。契诃夫曾经说过："简练是才能的姊妹。"艺术上的简练，不是简单，不是单义，而是一种摒弃了罗列和堆砌的完美结构。李森祥的小说，就如我所读到的《台阶》《像片》《犁》以及《小学老师》等作品，都是些结构简洁而容量大的短篇佳作。最令人称道的是李森祥的小说细节。例如，当家长听到子女把算盘珠子拨得炒黄豆般响成一片时的心理状态："日他娘的，光听这声响，心里就怪味道（《算盘》）。"其刻画可谓精细矣！又如，在表现"哭虫"那种成人阶段的微妙与觉醒时，李森祥这样写道："他弄上一片玉色小花瓣，放在指头尖上揉一揉，贴在门牙上，他的一颗门牙就是玉色的，然后他也瘪着嘴，将肚子挺一挺，嘴里发出丝丝的声音，女声女气地说：'我爱人，我爱人！'（《玉牙》）。"这段描写，绝妙地写出了"哭虫"对女老师的那种朦胧而又强烈、不可名状又无以诉说的内心情感。

这种细节的成功运用，是符合中国传统小说"疏则千里，密不透风"的美学原则的，使我们犹如在观赏一幅泼墨与工笔熔于一炉的绘画。远观可见他背景脉络，近看可察其幽深曲折。而作家的逼人才情、艺术功力也由此显现了出来。

朱樵的小说

生活的馈赠

似乎从《月亮》（《小说报》1989 年第 12 期）开始，朱樵已不再苦心地经营结构故事，而是执着于表现日常生活中自然的原生状态。以此分界，我们则发现，朱樵小说呈现了两种风格迥异的创作类型：一种是故事型小说，另一种是生活化小说。以《让我怎么开口》（《小说选刊》1986 年第 8 期）为代表，在这前后的三十余篇小说中，"事件"成为朱樵关注的理由和目的。朱樵往往能把"故事"写得引人入胜，出人意料。因而，我们读得很轻松，并且津津有味。然而，尽管朱樵"在讲述他的故事时自己便进入角色，总带着创造性的姿态和引人入胜的声调"（左拉《论小说》），但我们回过头来重新审视朱樵这些小说时，似乎总是感觉到缺少了些什么。

朱樵显然也意识到了这一点，作为对一种艺术目标的孜孜追求，朱樵是自觉的。他曾经说过："过去的小说，现在忽然感到不值得一提。"否定过去的自己，才能有全新的自己。文化意识和创作意识的不断嬗变，使朱樵的小说有了实质性的飞跃，从而引起了小说界同行的注意。

在朱樵小说创作的转型期，有两篇值得注意的小说，那就是《牙痛不是病》（《小说报》1989第20期）和《月亮》。小说不再叙述故事，而是一种特定环境中人的心态实录。从最平凡最不起眼的日常生活中，在一些细碎的微不足道的琐事和人的极其微妙的言行举止中，朱樵独具慧眼，发现了艺术的冲突和艺术的撞击。其小说笔墨之精细，刻画之独到，令人叹服。这两篇小说标志着朱樵的创作从故事型转向生活化。同时我们看到，朱樵的审美意识也因此而转换。

生活是创作的唯一源泉。只有全身心地投入到生活之中，才能领悟到艺术的真谛。作为一个作家，朱樵当然也不例外。他忠诚于生活，生活赋予了他创作之灵感。成为《上海文学》卷首之作的《平民百姓》，便是生活的馈赠。

《平民百姓》写了三个人物：种菜倒马桶的胡阿三，医院里打杂工的沈保金和退休职工老黄。作品所描述的人物及其生活状态，都绝对地逼近生活本色。不加任何的粉饰雕琢，也没有强烈的故事冲突，甚至不带主观的感情色彩。所见到的，是朱樵对日常生活中自然的原生状态的选择，从而反映出作者的美学思想。正如《上海文学》"编者的话"所说："朱樵的《平民百姓》……都是平凡的人，做着最平凡的事，过着最平凡的日子；但作者在小说中所描写的这些'平民百姓'对于生活的态度、待人处世的精神，对于工作、劳动的投入，以及他们在'利害'关系面前所表露出来的行动哲学，却不能不使我产生怀恋之情。在这些小说中，人性美、道德感以朴素、感性的形式显示在读者面前，让我们思考今天自己或他人究竟失落了什么。"

在朱樵的艺术世界里，生活是流动的，而不是静止的。唯其流动，才有丰富的生机和艺术的无限。构成朱樵小说艺术魅力的另一个特点，就是"作者喜欢把自己的感情倾向隐于文字背后，化喷泉为滴水，一点一滴地渗透读者"。这种冷静的艺术处理，增强了作品的蕴藉和情感的张力。因此，把握生活并艺术地表现出来，则是作者必须具备的基本素质。我们看到，朱樵在对"生活"的观察理解和把握表现方面，往往有其独到之处。如《往事一页》（《上海文学》1989年第10期）的结尾：

> 三口井的地方，还是满地臭水，满地青苔；路中央还是有三块红砖，一步一块。章晓也去站过一回，要走时，女儿却蹲在臭水塘边不肯动，说要看小虫虫。章晓于是又站了一会。

没有结尾，只有过程。生活何尝不是这样？耐人寻味的是，在这三口井的地方，当一件往事结束以后，又将继续发生怎样一件新的"往事"呢？同样，被风侵雨蚀得老化了的沈保金，还有那个因世事变迁不再倒马桶的胡阿三，他们又该演绎出怎样一种新的人生呢？生活就是这样，提供艺术创作以无穷变幻和无限可能。

小说《春季到来绿满窗》

初读朱楗的中篇新作《春季到来绿满窗》（《钟山》1991年第 5 期），老是有点担心。因为从题材角度来看，小说所要表现的是关于男人女人之间的三角爱情纠葛。而对于读者来说，"三角恋爱"似乎已难以引起强烈的阅读兴趣和激发艺术审美的新鲜感。当读完小说，我才知道这种担心是多余的。因为，作品中的"三角爱情"只是小说的故事框架和作者的叙事手段。作者巧妙地借助这个艺术视角，来剖析他笔下的人物形象并严肃地探讨了爱情道德、价值观念等生活命题，从而赋予作品比较深刻的思想意蕴。

小说中的男主角沈晓世，是一个小说写得很漂亮的文化馆职员，对于爱情怀有浪漫的观点，认为花前月下、心心相印的才是爱情。但在商品经济的冲击下，一个舞文弄墨、地地道道的白面书生，却是"及不来一个卖酱鸭的毛胡子"的。在世俗的爱情观里，沈晓世是"不实惠"的，因而他在找对象方面"很成问题"。所以，当一文学爱好者季月红闯入他的心扉时，他便表现得十分投入，爱得亦真诚。但季月红是个有男朋友的女孩子，一不留神就踏上了"两头船"。当在深圳的男朋友回来要与她去海南办咖啡加工厂时，她便"痛改前非"地和沈晓世"拜拜"了。沈晓世面对这样结局的爱情，再也浪漫不起来了，便通过媒人王阿姨的介绍，与小百货店营业员高莉莉结了婚，过起了"柴米夫妻"的生活。"文学爱情价值"在"经济价值"面前如此不堪一击。在这里，作者揭示了一个值得深思的社会现象。

但作者的思想没有停留在这个层次上。在作品的下篇，朱樵对他笔下的男主角在价值观念改变以后的思想灵魂，做了极其精彩、深刻的剖析与开掘。如果说，婚前的沈晓世对爱情充满了浪漫是真诚无邪的，那么婚后的沈晓世对爱情的行为则显得有点玩世不恭了。他已失去了一个文人的真诚、自重和自爱。如当他听说季月红因为他还没有结婚时，便"不由得有点得意"，并情不自禁地与季月红重温旧梦。此时的沈晓世已经把爱情当作游戏了，当作是一个男人对一个女人的占有。尤其是在作品的结尾，当沈晓世听到季月红说她怀了孕时，更表现得既卑微又尴尬，另一方面又不负责任地急于开脱。那种小文人心态及其弱点毕露无遗。人物主体价值的严重失落，使小说文本具有了独到的批判意义。

从这篇小说中，我们可看出朱樵对当下生活的悉心体察与认真思考。

张振刚的小说

《情事陈迹》：沧桑悲情

历时三年有余的呕心沥血，张振刚的长篇小说《情事陈迹》终于问世了。在这部近五十万字的长篇小说中，作者以浓郁厚重的吴越文化为底蕴，细腻、动人地叙述了一个女人漫长曲折、伤痛不已的情爱追求，读来让人唏嘘不已，深长思之。

女主人公濮畹华是浙北古镇一个没落的富家千金小姐，是一个风华正茂的上海光华大学三年级学生。这样一个绝色女儿、知识女性，对于爱情、对于未来充满了纯洁的幻想和美好的期待。然而，不幸的是，当她奉从母命于上海返回家乡，欲与本镇富商公子甄裕德完婚时，遇到了一个国民党下级军官——营长袁仲圭。在一九四八年，军人意味着将随时战死沙场。但是，她毫不犹豫地爱上了袁仲圭。这是一个少女如同初绽的花蕾一般纯洁而又娇贵的初恋啊！为了这初恋，她将付出一生的幸福。

因为，一个更不幸的事实使她如坠万劫不复的深渊：她所倾心相爱的男人，竟有不可告人的另一面。初恋之梦骤然幻灭了，是如此的无情而又令人痛彻心扉。

读到这里，我们完全可以想象到情窦初开的濮畹华面对此情此景那悲痛欲绝的心情。尽管，此后不久袁仲圭果然殒命战场，但是，处于命运与情感旋涡中的濮畹华，自始至终怀着既恨又爱的心态，对每一个追求她的男人，无论是国民党国防部长官董少廷，还是共产党军官劳炎田，她都难以付出真爱，不能全身心地投入。初恋的失败，造成了她一生难以逾越的心理障碍。

而命运之手总是翻云覆雨，一次又一次地把这个美丽、温柔、不幸的女子抛向人生的低谷。董少廷从南京撤逃台湾，客死异乡；劳炎田在一次剿匪时不幸殉身。在晚秋之年，当白发依稀的濮畹华面对久别重逢的杜先生夫妇，忆及往事时，竟放声大哭起来。家人林妈说："打小到如今，我都没见我家小姐这么伤心过……"

整部小说的基调是柔软温情的，但是，作者在那样一个极政治化的背景里展开的最人性化的故事，并企图还原普遍人性的深层次的生存状态，又是锋利深刻的。

追根溯源，初恋的伤害是濮畹华悲剧一生的"祸首"。真爱既已丧失，婚姻也似乎失去了根本的附丽。为情所伤，为情所累，其遗恨与伤痛实是绵绵无绝期的。这一个"情"字，教人费思量！

问世间情为何物？直教人生死相许。一如无数的爱情悲剧一样，濮睕华的钟情专一，她对感情质量的注重，已经超越了一切物质，甚至超越了自身的生命。我深深地感到，她是以另一种方式，为情而生死相许！而这样一种极端的方式，太过沉重，太过悲怆，又太过残酷，令人不能正视，令人难以自持。

《情事陈迹》的叙事艺术，采用了线性结构，从中可以看出中国传统文化对作者的影响和渗透。豪·路·博尔赫斯迷宫一般的小说、加西亚·马尔克斯的"魔幻现实主义"小说，是引人入胜的。但是，自从曹雪芹的《红楼梦》以来所形成的中国小说的叙事方式和语言风格，有其自身的优越之处，更符合中国读者的阅读趣味。而且，这种线性结构，在《情事陈迹》中，是与作品中所描述的人物的命运、人性的开拓是同步合拍的。在这部长篇小说中，作家的笔触抵达了人物与世情的深处，而不仅仅停留在浅层处的描摹，其精细的刻画到了如同显微镜一般，让每一根毫发毕现。

尤其让人激赏的是，作者具有在戏剧、饮食、古玩、音乐诸方面的丰富学识，这使这部小说既丰盈又绵密，飘逸着一种幽雅、清丽的文化气息。例如，古典戏曲《武家坡》等唱词的运用，往往在人物命运与情感的转折关头，不露声色而又恰到好处地点化而来，极好地烘托了人物的心理，渲染了小说的氛围。

所以，阅读这部《情事陈迹》，让我们完成了一次文学的回归，这与回家的感觉一样，令人亲切而温馨。

追寻遥远的情爱

唐德宗贞元八年仲春的太阳，就是我们今天见到的太阳。

一千二百年前的太阳与现在的太阳，一样的光芒四射、照耀人间。那么，一千二百年前的爱情呢？当作家张振刚以其文学的眼光投射到遥远的历史深处、凝视着风尘仆仆行走在京城长安的中唐诗人刘禹锡的身影时，创作的欲望激发了作家的想象力，以现实的眼光打量和追索遥远的爱情故事。当我读罢张振刚的长篇新作《伴你到朗州》，我想人类对爱情的追求就像天空的太阳一样永恒。

这是一部历史小说。然而历史上的刘禹锡究竟有没有这样的一段爱情故事却是无从考证的。但是，这并不重要，因为在作家的想象中，这是真实地存在着的。也许写作更需要一种逆向思维，更需要独特的想象力。张振刚认为这是一个小说家的权利。对于作家而言，现实或许可以视而不见，来自心灵的呼唤却无法忽视。艺术视野下强劲的想象所产生的事实才是真实的，栩栩如生、触手可摸。

刘禹锡是个诗人。千百年来，几乎所有的文人都怀有以天下为己任的远大抱负。屈原、杜甫、李白、苏轼……文人，无不期望以修身、齐家、治国、平天下来实现自己的人生价值。刘禹锡也不例外，他把求取功名、应试入仕作为人生的一种追求。但是，宰相之女陆忆菱却极端厌恶政治，她最欣赏白行简的一句话："官爵功名，实人情之衰。"尽管她与刘禹锡倾心相爱，由于两人的处世观点不同、生活态度相左，所以他们的爱情从一开始就埋下了一波三折的伏笔。小说中的裴昌禹是刘禹锡"嘉禾驿后联墙住"的童年好友，由父辈做主曾与陆忆菱指腹为婚。虽然他对陆忆菱情有独钟，甚至为了陆忆菱放弃功名，然而，终其一生他与陆忆菱却无缘聚首。裴昌禹心底明白，陆忆菱始终只爱着刘禹锡一个人。即使如此，他对陆忆菱的爱依然是痴情不改、无怨无悔的。其实，真正的爱一个人，并不能简单地以"值"或者"不值"来衡量的。如同名妓徐楚楚对刘禹锡的痴爱一样，她为了保持这份真爱，最终服毒自尽。无论是为了爱而甘愿付出一切的裴昌禹，还是为爱献身的徐楚楚，都是让人感叹乃至感动的。

对于陆忆菱来说，作为宰相之女，她看透了仕途之险恶，政客之无耻，因此她才希望刘禹锡不要卷入官场，向往村野人般的平民生活，闲云野鹤，寄情山水，这才是人性化的、充满情趣的人生啊。但是这样的生活，失去某种物质基础尤其是政治生活的依附与保障时，往往是不可靠的，最终或许只是一个梦想罢了。特别是当父亲陆贽被解除宰相之职、远贬忠州之后，一家人生活都陷入了困境，甚至连身家性命都有点堪忧，所以她最后认同、理解了刘禹锡的追求，"伴你到朗州"，是陆忆菱对爱情的最终选择，这使得刘禹锡的天空一派明丽。爱情之于人生，如同理想之于现实，那种冲突所带来的困境，总是让人感到无奈，深深的无奈。"死生契阔，与子成说。执子之手，与子偕老。"读完这部小说，使我对爱情——那种特定人生状态下的爱情有了新的体悟与理解。

在这部小说中，作家假托刘禹锡其人其事，拂去历史的尘埃，越过人生的时空，演绎了一个曲折、动人的爱情故事。当然，这部小说并不仅仅是一个爱情故事，而是作家借此探讨了中国文人与政治的关系，以及政治与爱情、与人性、与生活、与文学艺术的关系，显然有着作家更深的寓意，从中亦可见作家一以贯之的深刻思索与创作追求。

一曲哀婉动人的悲歌

王福基发表在《上海文学》的短篇小说《干娘》，以一个童年的视角为落笔点，用亲情、写实的语言，艺术地描写了干娘——一个旧社会劳动妇女的痛苦命运。

作品以浙北地区的特色语言娓娓而叙，情真意切。通过叙说干娘没有爱情的不道德婚姻和被剥夺生儿育女的权利这两条主线，深刻地揭示了女主角的悲剧一生。

干娘的婚姻是她一生不幸的根源。她是一个漂亮、柔弱、温顺的女性。勤劳能干的连观原是干娘的意中人，是因"巧官硬困（睡）了她，她又不敢告。肚皮大了，只好嫁给他"。这段文字极好地写出了干娘逆来顺受的个性特点，又揭示了干娘和巧官的婚姻基础。时代的不幸和封建文化的束缚，使干娘无力抗争。即使这样，也没能感动巧官改变"浪荡胚"的形象。他不是坐茶馆，就是上赌场，是个既懒又坏的人物。为了达到使干娘为他挣钱的目的，他不惜一次次地逼干娘把孩子生到马桶里，然后叫她出去做奶妈，当干娘。畸形的婚姻和夫权，如罪恶的罗网恶性循环在干娘的命运之中，令她无可奈何，无法摆脱。干娘有自己倾心相爱的人，却只能与毫无爱情、没有人性的巧官生活在一起。悲惨的命运把柔弱无依的干娘逼向绝望，逼向悬崖。

　　干娘和连观的爱情，是干娘黑暗生活中的一缕光明。小说通过很多细节描写了他们的爱情。如连观摇船出来锗垃圾，与在此做奶妈的干娘邂逅时，有一段很细致的刻画："她见了船头上的人，竟呆了一阵，继而满脸绯红……"先"呆"后"满脸绯红"，是干娘内心情感的真实反映，既写出了干娘与连观乍然相见时的惊喜，又表现了干娘对情人自然流露的爱心。随着情节的展开，这番爱情给干娘带来的幸福和向往是非常令人感动和欣慰的。可惜，这爱情在风风雨雨的尘世间显得虚幻而短暂，最终未能挽救干娘沉沦的命运。

　　婚姻的不幸，使干娘把全部的爱心倾注到了抚养的儿女身上。小说以好多感人细节和赞美语言，表现了干娘一腔温馨的母爱。亦如巧官所说的："我们福珠领过五个小人，个个白白胖胖。"——像亲生的一样。可是，这毕竟不是亲生的儿女。干娘多么渴望自己有一个亲生的儿女啊，却每次都被巧官逼生到马桶里。当最后一次干娘怀了巧官的血肉——这实乃维系着她全部的爱和希望！她决心要保住孩子："他就是打掉我牙齿我也吞下去""我死也要留下来"。然而，她依然无法躲开巧官的罪恶魔掌。纵然千般爱心、万般柔情，最终亦无法保住孩子。她的精神世界因爱情的果实被无情摧毁而彻底崩溃了。"我的血枯了，血枯了！我生不出了呀……"干娘这血泪的控诉，从生命的尽头传来，如坠绝望的深渊，令人闻之心碎。读完小说，这声音犹在耳畔回荡。

干娘作为小说叙述的客体，由"我"童年的所见所闻，透视了干娘一生的爱和恨，希望和失望，幸福和痛苦，虚幻的梦想和悲惨的现实。小说写得饱满充实、真切动人。

小说的语言，一如小说朴素平实的结构一样，运用浙北方言，不雕琢、不虚饰，显得质朴自然。老子说过："至言不饰，至乐不笑。"至言不饰，可以说是小说语言至美至绝的最高境界。地方特色的语言结合小说意蕴，独有一种"清水出芙蓉"的风韵。我想，这也是小说《干娘》取得成功的艺术特色之一。

应是龙腾虎跃时

——嘉兴小说家一九九〇年掠影

一九九〇年的小说界，是理智而平静的一年。继"寻根文学""先锋文学"等文学热潮后的一九九〇年，没有出现有明确理论或宣言参与的文学热点。各种"新思潮""新创造"不再骚动与喧哗，而归于平静和反思。一九九〇年的嘉兴小说家，却以整体的优势，向中国文坛奉献了一批个性鲜明、风格各异的小说力作，引起广泛的注意。

余 华

被誉为先锋文学代表作家之一的余华，一九九〇在《长城》首期继续推出小说新作《偶然事件》。我们还读到了由作家出版社出版的余华第一部小说集《十八岁出门远行》（1989 年 11

月），里面收录了余华近年来的中短篇小说，是他作为一个阶段
的成果结集，其中《十八岁出门远行》是余华最有代表性的一篇
作品，它受到了国内外文坛的瞩目，已被翻译成多种外文介绍到
国外。作品以一个十八岁的"我"，第一次出门远行的种种遭
遇，揭示了当代青年在走向生活的过程中那种又追求、又迷惘、
又欣喜、又不安的生动心态。以《十八岁出门远行》作为小说集
名，表明了作家在艺术道路上追求、探索的轨迹。

王福基

王福基具有十分丰富的生活积累和情感积淀，他往往带着历
史的沧桑感，以理性的深度和对吴越故土人情的眷恋，来观照现
实的人生。作为一个文风严谨、创作严肃的作家，王福基一直以
来是"厚积薄发"。一九九〇年的王福基则奉献了两部小说力
作：中篇《佛像》（《中国作家》1990年第5期）和短篇《干
娘》（《上海文学》1990年第5期）。小说以传统的现实主义
手法，融叙事与抒情为一体，结构严密而文意跌宕，笔致朴实而
情真意切。他的小说，被称为具有三十年代驰骋文坛的浙江籍作
家的艺术风韵。

李森祥

以亲情题材走上文坛的李森祥，一九九〇年走出了"家族
圈"。标志着他创作走向的，一是以《小学老师》（《上海文

学》1990年第3期)、《金奎银奎》(《东海》1990年第2期)和《塌鼻大娘》(《文学港》1990年第6期)为代表的"乡村人物"系列;二是他的"军营生活"题材:《新兵"排长"》(《上海文学》1990年第8期)与《秋晕》(《解放军文艺》1990年第10期)。李森祥极善抓取独特的生活细节,通过细腻的文笔,使他笔下的人物及其生活环境那么栩栩如生,充满诗意。他的小说具有独特的美学意趣,尤其是《小学老师》,在文坛上引起了强烈的反响,《小说月报》《中篇小说选刊》和《作品与争鸣》先后予以转载。

朱 樵

一向以故事来结构小说的朱樵,以一个不同凡响的"平民百姓"系列,问世一九九〇年的文坛。这个小说系列使朱樵不再属意故事的精致圆润,不再指向事件的特定范畴,而把笔力集中到刻画普通劳动者的人性美,寄托了他对朴实无华的人生的深情挚爱。在那种日常生活和自然人生中,分明辐射着超越小说本身的文学意蕴。成为一九九〇年第十期《上海文学》卷首之作的《平民百姓》(三篇)以及《阿弟》(《文学港》1990年第1期)、《漂亮的西裤》(《小说天地》1990年第2期)等小说,显示了朱樵感受生活、表现生活的艺术才情和创作潜力。

陆　明

　　陆明则一如既往地写着他"从前的和现在的故事"。他的小说，把历史与现实、地方特色与时代色彩结合得相当出色。他把"绘画艺术"融进了小说创作，画出了"秀湖"之风土人情，"秀湖"之沧海桑田。因此，读陆明的小说，则如观赏《清明上河图》一样，领略乡土韵味和艺术魅力。读罢陆明一九九〇年的小说，如《扳鱼佬》（《北京文学》1990年第7期）、《早酒》（《北京文学》1990年第9期）、《绣鸭滩》（《西湖》1990年第5期）和《老痞》（《东海》1990年第11期），让人觉得陆明画得洒脱，画得生动，既画出了乡土特色，又画出了人物灵魂。

　　　　　　　　　　　　　　　　　　一九九〇年十二月卅日

一个"另类"的女市长

长篇小说《女市长》不是《官场现形记》，也不是《厚黑学》，而是一部知识女性从政者的心灵史。正如作者巴陵在扉页题记中这样写道："我的忧虑是深重的，我的痛苦是强烈的，但是，我对你的爱，仍然刻骨铭心。"小说充满了崇高的理想主义和强烈的忧患意识，读来让人时而激越，时而感慨。

小说中的主人公于汝冰是海昌市分管文教卫的副市长。一个知识女性从政为官，她更多的是凭着自己的责任感与使命感去工作，而不是去做一个工于心计、老于世故的政客。所以，面对权力场上的种种玄妙之道，她始终无法领悟，难以适应。但是，她却秉承着一个知识分子最宝贵的品质：嫉恶如仇、刚正不阿。在小说中，我们看到的这个女市长，刚柔相济、特立独行。女性的柔情，使她对乡村教师、贫苦职工充满了真诚的关怀，可以动情而泪下，不是做作，也不是应付，而是发自内心的真情；而知识分子的刚烈，使她不畏权势，敢于直言相谏，挑战"一言堂"，做一个为民做主的清官。在"煤炭事件"中，我们看到了这个女市长的不凡风采，面对市政府准备以一百二十万元行贿换煤的腐败现象，她在市长办公会议上拍案而起，掷地有声："谁胆敢这样干，我就去告谁！"一个为民请命、正直无畏的女市长形象跃然而出。

于汝冰是一个感性的人，她爱恨分明，喜怒哀乐形之于色。尽管她连续三届当选为副市长，曾一度被列入后备干部，但她绝对不是一个老练、冷漠的政客，骨子里的文人气质使她永远不会随波逐流、明哲保身。哪怕像唐·吉诃德般大战风车，一次次败下阵来，亦无怨无悔，宁折不弯。她想到过退路，最多是重操旧业去酿酒，她本来就是一个酒厂的技术员、副厂长。然而，既然为官，就得像酿酒一样敬业尽心，对得起党和人民的信任与重托，对得起自己的职业良知，而不是为了头上的乌纱帽去当官。这使我想起那个"当官不与民做主，不如回家卖红薯"的县令，"与民做主"历来是从政为官者最起码的要求，何况是共产党、人民政府的干部！"人民公仆"的称号无疑是崇高的，但绝不是用来粉饰贴金的。

读完小说，我感到于汝冰依然具有"水一样纯净，冰一样透明，火一样热情"的天性，并没有因为官场倾轧、时代变迁而消失。特立独行的于汝冰是一个深受传统文化影响的知识女性，在政坛上虽然是个"另类"，但并不是孤立的，周黎平、李和平、牛坚、赵善堂、冯靖等领导、同事永远是她坚强的后盾。

该书的内容提要有这样一句话："这是中国第一部由现任女

市长撰写的长篇小说"。显然，这是一部带有自传性质的小说。作者巴陵与小说中的于汝冰有着几乎相同的人生经历，她在小说中融入了自己深切的感悟与炽热的情感，因而，《女市长》与《国画》《中国制造》等小说一样具有强烈的时代感，震撼人心，发人深思。

以虚构的小说观照人的现实

《浮世绘》是作家一人继出版《时代三部曲》之后的又一部重要作品，由《男人错》《女人香》《情人啊》三部小说组成。毫无疑问，尘世之中的一人是一个有着自觉追求的小说作家。尘间俗世的生活是真实的，而在小说这样一个虚构的世界中，我们能否从中触摸与感受到那栩栩如生的现实呢？一人认为小说是有生命的，与人一样具有生机勃勃的精气神。小说家是生活在小说里的，他的生命因为小说而丰盈、绵长。在一年的时间里，一人令人惊讶地写下了一百五十万字的小说，这不仅是一个小说家强烈的叙述欲望，更是他把小说视作自己存在的方式。我相信，那些汹涌澎湃的文字与作家的身体骨肉相连，与作家的灵魂合二为一。在作家的心目中，以自己的心血构建的小说世界才是唯一真实的世界。

小说家与现实的关系，是紧张对立的关系，没有握手言和的余地。尘世是博大而宽容的，每一个人都怀着光荣与梦想，在尘土飞扬的物质世界，希冀把握与主宰自己的命运。但是，骄傲的人其实只是尘世之中的一颗微不足道的尘埃。蚂蚁在地上爬行，如果有一盆水泼来，那就是灭顶之灾。生而为人，一样的可怜，在天灾人祸、风吹雨打中无不惊惶失措，疲于奔命。光荣转瞬即逝，梦想一一幻灭。现实对人的无情伤害，使小说家沦陷于不可自拔的伤痛之深渊，唯有借助文字，纾解现实带来的痛苦、愤怒、无奈与孤独不安。

《浮世绘》的三部小说，基本上都以"情爱"的视角透视人生、观照现实。现实中的风花雪月是没有诗意的，那种浪漫情爱只是存在于我们心底的梦想。在一人充满关怀的叙述中，他努力向读者指证人类生存与情感的现实。一个又一个细节的链接，使那被放大了的现实面目狰狞、触目惊心。在《浮世绘》中，我感到一人以峻厉之笔穿透现实，解剖人生，虽然无奈却是有力的。如《男人错》中的秦愿深深地爱着贝壳，可是贝壳却被强暴了。我们所面对的爱或者美随时可以被践踏、被蹂躏，这样一种惨痛的现实其实就是人类无法解脱的困境。而在《女人香》中，我看到了欲望在舞蹈，而真正的爱情对于人类而言相距是多么遥远。所以，我情愿把《情人啊》所透露出来的对爱的宽容与理解，看作是作家对人类情感世界温情的回眸与期望。

以一人的追求，他是一个拒绝媚俗的小说家。他一直希望自己写下"伟大的小说"，例如他的《时代三部曲》，可又不得不在市场与文学之间找到一个平衡点。我想，《浮世绘》是他走向大众的一个成功尝试。但我们依然可以从中看到作家思想的深刻性，而不是向世俗献媚。

在阅读一人小说的过程中，我更迷恋于他的小说语言。他曾经"操练"过诗歌，后以小说名世。但诗歌语言的锤炼，使他的小说语言极具灵气与诗意。如"月光穿过飞鸟，发出啾啾的鸣叫。流云卷过大地，忽然嫣然一笑"（《情人啊》）；又如"墙外有花，粉黄色一朵，向上，抖出檐角，把香味细细撒入轻风。绿色的叶子在花瓣下晶莹地铺开，将花瓣间漏下的光，折叠成一副副好看的图案。几根毛茸茸的花蕊，嬉戏耍闹，好像一群刚孵出壳的小鸡仔，浑然不惧未来，亦不在意行人的目光，只是欢欢喜喜，嘴角噙笑。美就是这样不经意的一瞥吧"（《女人香》）；再如"身是物，有所欲，有所碍，便有劳形之苦。心非物，无所欲，无所碍，当可遨游九天之处"（《男人错》）。诸如此类的文字，与小说的气氛、意境融为一体、意气相通。

一人在创作中，精心打磨小说的叙述语言，使古老的汉语焕发出迷人的光泽与阅读的美感。小说语言在每个作家的笔下呈现出不同的形态，例如贾平凹、余华、莫言、王朔等作家，他们的小说语言或简洁、或有力、或激情、或活泼……令汉语文字充满了活力，富有生气。对于所有小说而言，叙述语言是一个值得深入研究的课题。被称为"作家们的作家"的博尔赫斯，他对语言有着天才般的感悟力，如他在比喻一个人从世界上消失时，用了这样的一个句子："仿佛水消失在水中。"这一神来之句，精确地抵达了语言修辞所要指向的本质。因此，对一人在小说语言上努力赋予其新的生命，值得我们的关注与肯定。

中跃的小说

都是文学惹的祸

泰戈尔说："当文学的魔棒一触到细小的生命———一朵野花或一片绿叶时，其强烈的光亮让帝王们黯然失色。"同时他又认为，文学对于人扩大自己的生命，让自己跟世界，和无限结合是必不可少的。人只有在文学中才能最好地表达自己，才能见到最真实的自己。

或许正是出于这样一种人类普遍的心理追求，便产生了无数热爱文学的青年。在二十世纪八十年代，万物复苏的中国大地上，文学青年成了崇尚文化、追求理想、拥有美好心灵的代名词，大街小巷上到处都是文学青年。而从九十年代开始，随着时代发展的多元化，"文学青年"成了无可奈何的贬义词，简直是"傻冒"一个。

江苏青年作家中跃的小说《我们都是文学青年》逼真地描写

了我们身边的那些"文学青年"。他所精心刻画的文学青年小谢这样一个人物形象，简直就是那一代文学青年的一个缩影，从中我们可以看到文学青年的人生状态与生活处境。清高迂腐、孤芳自赏、不拘小节、贫穷而又装阔、病态般地装神弄傻……

让我们仔细看看小说中出现的几个文学青年吧——

"阿明因为暗恋文学社的一个美眉，到现在三十多岁了还没有结婚。更要命的是，由于他时常犯文学青年的酸劲，几年前把个好端端的经理秘书的饭碗给弄丢了。现在阿明成了无业游民，靠老爸的一点退休工资勉强维持生活。"

本来"我"在供电局开小车，要多风光有多风光，"后来，爸爸不在位了，加上我犯了文学青年的酸脾气，看不惯局领导的做派和脸色，愤然辞去小车司机不干了。折腾到现在，在一家破公司里看仓库，一个月还拿不到700元钱"。

其中，要说最惨的还是小谢——"他也是因为暗恋一个文学女青年，恋出了毛病，年纪轻轻的，在精神病院住了半年多"。

从精神病院出来的文学青年小谢，他的言行举止既可笑，又令人同情。在本地小刊物勉强发表过两篇文章的他，自恋狂妄得迷失了本性。比如不愿意加入本市的作家协会，对《收获》之类的杂志不屑一顾等。也许这可以视作是他的一种"超尘脱俗"的个性，然而一贯懒于写作的他，居然一本正经地宣称在五年之内将要获得诺贝尔文学奖，那就是骄傲无知和世俗之心大暴露了。他所认为的"作品并不重要，发表也不重要，思想才是最重要的"，其实是为自己建立了一个文学的乌托邦。凭着这样无知而世俗的"思想"，企图获得诺贝尔文学奖，无疑是痴人说梦。文学已不能让他真实地表达自己，反而使他走入了无法自拔的人生迷津。所以他故作名士之状，吹牛说大话，屡屡失信于他人，竟然还心安理得，理直气壮。在他身上，我们似乎看到了当代"文学阿Q"的影子。

但令读者疑惑的是：这样的"文学青年"形象典型吗？准确吗？

文学青年与时代的落差是显而易见的。尽管他们贫穷而落拓，然而其心灵深处依然固守着文学的梦想。岂不知梦里不知身是客？在这个实用、功利的物质时代，文学青年恍如一个失神的梦游者，面对时代的变化，亦只能手足无措。他们的梦想只是海市蜃楼，他们的身影在汹涌的人潮中是孤独无助的。无疑，企图依靠文学来改变自己的命运，已是越来越艰难的事情。文学自身的市场化，使得所有媒体死心塌地地迎合着大众口味。因而，那些市场化了的文字与文学青年心目中真正的文学理想相距甚远，风马牛不相及。理想与现实的巨大冲突，使得别无选择的文学青年或者无奈地抗拒这样的"文学"，或者沦陷于媚俗的文字以作"稻粱谋"。泰戈尔所说的"文学用快乐的游戏的方法把人从现实生活的沉重压迫中解放出来，在快乐的游戏中享受自己的生命"，这只是一种文学的最高境界。而对那些只有理想、生活窘迫的文学青年而言，爱好文学所带来的只能是失意、苦涩与沉沦。

所以在《我们都是文学青年》这篇小说的最后，我们看到那个痴情于文学的小谢已不再奢谈文学了。文学梦想中的"颜如玉""黄金屋"似乎已绝尘远去，文学青年那种孤傲的心灵回归于庸常的尘世。在作家中跃善意的讥讽、温情的针砭中，小谢作为一个文学青年的形象跃然而出，令人难忘。更重要的是，他引起了我们对"文学青年"这一"中国特色"群体人生处境的关怀与深思。

是谁谋杀了他？

因教风严谨、对学生要求严格而被称为"杀手"的电大老师章早猝死在宿舍的电脑椅上，原因为化学药品中毒。自杀抑或他杀？"游戏文学"理念发起人和倡导者中跃在其长篇小说《完美谋杀》的一开始，便悄悄地给读者们设下了一个阅读圈套：小说中的每一章、每一节，主人公的生命过程其实都处于无形的被谋杀状态中。这样的叙事方式与叙事指向，使读者的阅读变得兴味盎然。

从小说整个文本来看，作家的兴趣并不是带着读者去侦破一桩谋杀案，你不要指望作家会像福尔摩斯探案一样去指证一个凶手出来，真相永远不会大白于天下。"杀手"之死是个悬念，读者希望从刑警的介入与侦查中获知谋杀事件的真相。然而，刑警的侦查，只是故事叙述的需要，而不能如愿以偿地把凶手缉拿归案。生活总是扑朔迷离、丰富多彩的。从"卷一"到"卷三"的十份材料，是刑事调查材料，亦是构成这部小说的全部故事。在这些材料里，我们看到了章早的电大从教与下海经商的生活故事，离异与再婚的婚姻经历，遭人追杀与企图自杀的非常事件，与孙蓉蓉、苏琪、陈小姐等一个又一个女人发生的暧昧关系，以及与作弊学生怀才的紧张对立关系等，从中我们看到了主人公章早生命过程中的种种隐秘和悬念的故事，一个血肉丰满、心态复杂的当代中国"小知"形象便立体化、原生态地凸现了出来。

这是一部揭示人与现实的关系的小说。存在于我们内心的荒诞以游戏现实的方式发泄、表达出来，往往使人承受更大的痛苦与不安。在小说中我们看到章早在短暂的生命过程中，始终处在被谋杀的状态里，没有具体的凶手，却处处险象环生，那一柄达摩克利斯剑时时刻刻悬在他头顶，仿佛随时将取走他的生命，事实上反映了人的生存困境。萨特的"他人即地狱"的哲学，虽激愤偏颇，但是深刻揭示了人类社会、人际关系的本质。而"自我"，何尝不是"地狱"？因而，章早之死，是被谋杀还是自杀，都已不重要。重要的是，唤起我们对人生、对命运、对人与现实关系的深层次的思索。

无疑，这是一部好看的小说。作家中跃举重若轻、别出心裁地将笔触伸向了中国"小知"的阴部——也是时代和生活的阴部，尖锐而深切。从叙述形式来看，中跃在《完美谋杀》中独辟蹊径，以侦探小说的框架，拼贴的创作技巧，把人物的命运置身于光怪陆离的现实之中，在游戏与幽默中不失先锋与前卫的文学品质。游戏文学的理念之一就是"智力游戏与知识分子自省"，其核心部分是审美、智慧、有趣的"仙性理想"。作家在这部小说中贯穿始终的就是他一如既往倡导的这一文学理念。尤其是小说各章节相对独立，可颠倒次序自由阅读，这样一种叙事手段，使得小说独具阅读的快感与趣味性。

对"法定亲密关系"的无情拷问

《合法谋杀》是"游戏文学"掌门作家中跃磨砺了六年的长篇小说精品，其繁体版最近在台湾出版发行。

书中故事是在"麻将城"中演绎的。作家以"麻将城"命名故事环境，自有特别寓意。东南西北，各自为城，"搓麻将"是一种残酷的"优胜劣汰"博弈机制，抓到好牌则喜不自禁，对抓到无用的牌则弃之如敝屣，又得紧紧盯着其他三家，一有合适的牌，或吃或碰，疏忽不得。书中那"城"，又可谓婚姻之城。当麻将规则运用到婚姻中时，温情脉脉的面纱被揭开了，人们看到的是一种无情、无义的内幕。

小说开始，"麻将城"的"形象大使"、电视台美女播音员方圆从二十四层高楼坠落而下——这个"上帝的宠物"是自杀还是他杀？小说自始至终充斥着强烈的悬疑、惊悚的情节和挑战智力的推理，让人手不释卷，陷入荒诞的"合法谋杀"中而无法自拔。

在抽丝剥茧的问讯、调查、侦探过程中，婚姻那光鲜的外衣被一层又一层剥开了，使我们看到了时代、社会与人、与婚姻之间错综复杂的紧张关系，悲剧每天都在上演。如同一圈麻将下来，该要的已要了，该扔的已扔了，有人费尽心思，机关算尽，一切自以为很高明，结果还是输得很惨。

但是生活不是游戏。麻将可以推倒重来，婚姻则是破镜难以重圆，尤其是以看似合法的方式谋杀对方，覆水难收的当然还有谋杀者的卿卿小命。中跃以荒诞的游戏笔墨，探及了人性中非常隐秘而深刻的部分——婚姻和性，在这里以令人惊骇的状态呈现。

罗素在《婚姻与道德》一书中说道："当爱这个字用得适当的时候，它并不一定指两性间的关系。爱是含有充分的情感的一种关系，这种关系不单是身体上的，而且是心理上的。爱可以达到任何热烈的程度。"但是，当爱已不纯粹时，或者是利益的驱使，或者是矛盾的纠葛，人的思想天平便会发生倾斜，婚姻围城中发生的战争，从摩擦、冷战到厌恶、憎恨，会一步步加剧，最后发展到水火不相容甚至不可挽回的地步，同时也把自己送上了不归路。

《合法谋杀》中"焦点访谈"式的选材，引人入胜的悬疑特质，这是构成一部畅销作品的必要因素。本书涉及的婚姻内部的危机与不幸，家庭及夫妻暴力等，是所有成年人渴望了解且难以回避的问题。

《合法谋杀》的结尾，个别犯罪嫌疑人居然暂时"漏网"了。中跃这样"别有用心"的处理，恰恰给读者留下了更多义的阅读效果和更广阔的想象空间；而对"法定亲密关系"的侦查与拷问，才是作家深层次的良苦用心。

我相信中跃那双睿智的眼睛，敏锐地看到了人性中"本恶"的底线。试想，儒雅温和的外表和他揭示残酷的能力，是否能够统一在"中跃"这个符号之中吗？一个沉重的命题，以游戏的笔法，以通俗好看的悬疑形式表达出来，本身就需要过人的智力。所谓艺术，即是巧妙地以小见大，以四两拨千斤，从而达到拨云见日、显影真谛的效果。

现实一种

章教授骑着新买的捷安特自行车，在回家的路上被一辆摩托车撞翻在地。那个喝醉了酒的摩托车司机，怒气冲冲地指责是一辆警车碰撞了他，因为失去控制，所以又碰撞了章教授。路人也是这样指证的。这一碰撞，使章教授身体受了伤，捷安特扭曲变形了，眼镜摔掉了，手机破碎了。

作家中跃的小说《中国式碰撞》（《小说选刊》2009年第5期）写了这样一个司空见惯的街巷间车辆碰撞的事故。

碰撞事故确实很平常，然而事故的处理过程耐人寻味。始作俑者公安警车不知去向，摩托车醉鬼与一个交警打骂起来，被送进了派出所。事故大队的警察前来现场勘察，派出所民警上门调查，让章教授在窃喜之后，又极度郁闷。因为，他们围绕的主题不是本次碰撞事故本身，更没有涉及受害者章教授的伤势、损失和赔偿，而仅仅只是醉鬼打交警的问题。

一场寻常的碰撞事故，在作者不露声色的叙述中，把读者引向了深层次的思考。小说中那些执法者的立场、视角、方式等，体现了中国式的潜规则。实际上，作者所抨击与嘲讽的指向是社会上行为人存在的某些缺陷与弊端。

美国社会学家C.H.库利和K.戴维斯认为，（社会）制度是大量规范的复合体，是社会为适应其需要用合法形式建立起来的，强调社会规范的重要性及制度在社会结构中的地位。

社会制度与国家法律一样，主要作用是建立社会正常的秩序，避免个人与社会的矛盾和冲突。其中的执法人，"公正执法"显得极其重要。公正的天平一旦失衡，个人与社会之间必然会产生矛盾与冲突。

曾经看过保罗·哈吉斯（Paul Haggis）执导的影片《撞车》（Crash），这部获得第七十八届奥斯卡最佳影片桂冠的电影，以美国洛杉矶街头的一起普通的撞车事故，反映了美国社会中存在的种族冲突和人际冲突的问题。《撞车》碰撞了美国的社会现实，也让我们看到，社会中的每一个人其命运是紧密相连的，人类需要的是一个合理的社会关系，一种人与人之间的宽容与理解。

中跃的小说《中国式碰撞》，也是落笔于一起普通的碰撞事故，折射了社会现实中的阴暗层面。章教授的遭遇，让一个高级知识分子充满了迷惑。而这就是一种社会的现实，需要我们去正视、去改变的现实。

小说对于处在碰撞事故中心的章教授这个人物形象，以白描的手法，刻画得很生动。如碰撞事故发生后，作为知识分子，章教授把妥善处理事故的希望寄托在执法者身上。第一次，"一名交警骑着一辆白色的专用摩托来到了现场。章教授心里掠过一阵窃喜"。结果，那摩托车的醉鬼把交警当成了出气筒，他们到后来扭打在一起。这是碰撞事故案的转折点。第二次，事故现场来了一辆警车，是事故大队的，章教授的心里"又掠过一丝窃喜"。第三次，已是夜里十点钟，派出所民警来电要做调查，章教授的心里"又暗暗掠过一阵窃喜"。三次"窃喜"，把章教授期盼通过正当途径解决碰撞事故的心态揭示得毕露无遗。然而，窃喜过后，章教授深感失望与无奈。小说中的那些执法者，通过调查、取证，最终把摩托车醉鬼拘留十五天，还要判刑一年。肇事的警车却成了没影的事儿，章教授的受伤、损失、赔偿等，也成了一个让他郁闷至极的遗留问题。在阅读过程中，可感知章教授无可奈何的愤怒，甚至听到他深深失望的叹息。

小说的结尾，那个国企的老总得知章教授的遭遇后，因为与小区物管的关系好，让小区物管给章教授的捷安特自行车赔偿了五百元钱。这个情节，一样地具有嘲讽意味。有了关系，什么事都可以办得很顺当。

事故虽小，问题却大。

就小说叙事艺术而言，文中出现的另一个人物——精神病院的唐医生，作者的描写可再深化些。唐医生在精神病院工作，曾经出过三次车祸，但是都没有得到公正的处理。在这里，如果作者把他写成一个因为碰撞事故而变得"神经兮兮"，成了一个现代版的"祥林嫂"，逢人就唠叨那些车祸、那些不公平的处理等，与章教授的遭遇相对应，以艺术手法揭示出社会中人如果没有公正的法律、制度保障，便会导致精神的混乱与崩溃，从而阻碍法制社会、和谐社会的建设，或许更有警醒意义。

谁能拯救我们？

现居南京的青年女作家丹羽的小说集《归去来兮》是一部厚重的文学之书。其厚重不在于页码的多寡，而是那些文字中充满了叩问与思想，因而捧读这本书，便有了沉甸甸的分量。

《归去来兮》收录了作者五部中篇小说。几乎每一篇小说，不是一下子可以读完的。阅读丹羽的小说，不能期望她会带给你浅薄的快感，那种绝非快餐式的文字，会令人随着作者的思想指向沉潜下来，不断思索。对于极端功利而又浮躁不已的文坛而言，丹羽没有陷入"美女作家""身体写作"等怪圈，保持着形而上的思想者姿态，通过小说的形式，表达她对人生与现实、人生与宗教、人生与艺术、人生与情爱等诸多关系的看法，并进行哲学意义上的虔诚思辨，这是非常可贵的。卡尔维诺在《美国讲稿》中认为，在文学这个无限的世界里总有许多崭新的或古老的方法值得探索，总有许多体裁和形式可以改变我们对这个世界已有的印象。在丹羽的小说中，我看到了文学的另一种风景，看到了尘世中人渴望被关怀、被认同以及对信仰的依恋与寻找。

从《追逐》到《归去来兮》，我们可以感受到丹羽内心世界与这尘世生活的激烈、甚至尖锐的碰撞与冲突。她通过小说对生活的现实保持了高度的怀疑与叩问，并试图从宗教、艺术中找到精神的出路。德裔美籍社会心理学家、精神分析学者、法兰克福学派重要成员埃里希·弗洛姆在其著作《爱的艺术》中认为，"现代人同自己疏远开来、同他的伙伴或同事们疏远开来，同自然界疏远开来。……每一个人充满了强烈的不安全感、焦虑感和罪恶感。"充满悲观主义色彩的唯意志论哲学家叔本华为人类的精神出路开出了几个饮鸩止渴式的"药方"，他说人类是生活在悲观痛苦之中的，要摆脱这种困境，在于从事艺术活动、陷入精神错乱、信仰宗教等几种方法。在这里，叔本华提到了人与宗教、与艺术活动的关系。问题是宗教信仰、艺术活动能否真正把人从尘世中拯救出来、抵达精神世界的彼岸。

在《无法告别》中，我看到女作家单纯处在小说创作与人生现实中的痛苦之中。她以为，只有在写作中可以找到精神和物质的完美统一，而爱情是心灵的宗教。为了写作，可以背叛自己的感情，可以辞去赖以生存的工作，可以不顾一切地去寻找自己的爱人。然而，她既无法从艺术活动中获得心灵的宁静与自由，也不能在爱情的追求中得到新生。"我觉得自己像个孤儿，在这个世界上没有真正亲近我的、了解我的和爱我的人。所以，从久远的年代开始——久远的过去，我就不断地寻觅，不断地渴望被拯救，不断地寻找情感上的依靠和寄托。"这是单纯幽怨的心声。可是爱情一次又一次的毁灭，乌托邦式的理想之下依然是一地鸡毛般的尘世。《归去来兮》中的女诗人玄青与男友参加了受洗仪式，成了基督教徒，然而玄青依然无法摆脱生活现实带给她的纠缠与迷茫。她在不断地挣扎与寻觅中，见到了心仪已久的神学家卫夫子——这是她顶礼膜拜的"精神导师"，却无法给予这个敏感而痛苦的女诗人真正的内心关怀与精神引导。信仰幻灭的玄青最终只能从虚幻的世界中回归现实。大地是坚实的，天空是广阔的，人间的关怀与包容足以慰藉和温暖我们疲惫茫然的心灵。

正如作家北村所说的，《归去来兮》是丹羽的"心灵史"。确实，我在这部书中清晰地看到了丹羽上下求索的精神游历，她迷茫而又坚定的眼神，风尘仆仆而又义无反顾的身影。精神的炼狱是真正的痛苦。想起多年以前，我也曾陷入了理想与现实的冲突，在不可自拔的思想迷津中痛苦不安地彷徨时，听到了尼采振聋发聩地对我说：上帝死了。然而，抛去了上帝的尼采却疯了，尘世中的我依然迷茫不已。后来我读到了埃里希·弗洛姆的几部重要著作，这是一个伟大的精神分析学家，一个具有浓厚的宗教情怀的人道主义者，他认真地剖析着现代人的困境并积极地提出了疗救方法。他使我看到阳光穿透了云层，理想之光重新映照着我身处的这个尘间俗世，我的精神世界从此变得辽阔而又愉悦。

是的，拯救我们的，只有人类自己。

视点与叙述

当二十世纪七十年代出生的作家，以棉棉、卫慧为代表崛起在中国文坛时，立即成为读者关注的热点。她们的视点往往是"一个问题女孩的成长过程"，或是"上海秘密花园里的另类情爱"，其写作具有极强的身体性，充满了惊世骇俗的思想。从中我们看到，青春与生命以"另类"的方式，残酷而美丽地毁灭着。

当这样的写作渐渐淡出我们的视野而不再成为热点时，二十世纪七十年代出生的作家们，并没有放下手中的笔，而是从有限的生活经历以及纷纭繁杂的现实中，重新找到了写作的视点和叙述的方式。

张忌愚就是其中的一个。他是浙江嘉善人，出生于二十世纪七十年代初，在二〇〇〇年开始小说创作。小说处女作《单五一的最后一天》发表在《清明》杂志，此后一发而不可收。《尿毒症患者的日常生活》《一个人的婚姻生活》《在1984年的午后行走》等优秀小说分别发表于《上海文学》《小说界》等国内著名的文学杂志。

对于年轻的张界愚来说，他的心底似乎充满了叙述的欲望与快乐。从我读到的几篇小说中，我觉得界愚的视点是着眼于人与现实的关系。作家往往借助于人物的描写来反映时代，折射现实生活，体现自己的一种感受、思考和理想。而且，界愚的叙述在平实中具跳跃感，他可以不厌其烦地叙述某个人物的日常生活，而在你不知不觉中，他的叙述方向突然改变，并且非常自如。因此读他的小说，会有种新鲜和快感。

单五一（《单五一的最后一天》）是一个内退的粮管所职员，他的最后一天实际上是他内退后的第一天。应该说，这是平淡无奇的一天。这不是单五一一生的浓缩，而是在这一天中他体验了一生中从未经历过的生活。到供电所找当所长的侄子要做临时工，跟着一群年轻人到局里上访，糊里糊涂地被一个女人拖进了理发店洗头按摩，而且戒了二十年烟瘾的他居然重新抽上了烟……这一天的生活使他的心情发生了变化，或者说是他对生活已无所适从。当吃过晚饭，酒后的他竟像年轻时一样要和他老婆去看一场电影，遭到拒绝后又要他老婆早点关灯睡觉，被老婆斥责为发酒疯。苦闷和不安使单五一离家游荡，最后竟然闯到了环城公路上。小说的最后，作者这样写道："几分钟后，一辆摇摇晃晃的卡车经过，单五一变幻着的影子在路灯下消失了。"

这样的结尾，使我想起卡夫卡的《判决》，当格奥尔格投河自尽时，"这时候，正好有一长串车辆从桥上驶过"。车辆成为这两篇小说结尾中的共同道具，但意义是不同的，正如这两篇小说中两个人物的死亡一样。格奥尔格是屈服于父亲——权力者的残暴而死亡的，那么，单五一呢？他的死亡绝对不是一起简单的交通事故。作者叙述这样一个平淡无奇的故事，似乎在说纷纭的生活中充满了偶然性，或者说是揭示了一种人物性格的弱点。

同样陷入人生困境的尤民光（《尿毒症患者的日常生活》），他在家养病的日常生活真是"一地鸡毛"。家庭琐事已让他不胜烦躁，整天操心的却是医药费的报销。可是厂长因为贪污进了看守所，工厂也倒闭了。老实人尤民光感到了生活的危机，然而，当他回家看到自己的老父亲正在弄里与几个带小孩的年轻女人聊天，手里哗哗地转着两颗北京买来的玉石弹子时，心想离死越近的人活得越无忧无虑，他沉寂忧虑的心开始振作起来。当我们看到"尤民光上前叫了声爹时"，我们相信他会快乐地生活下去。

我觉得界愚在处理这种极其普通的题材时，非常有耐心，并且努力把故事叙述得引人入胜，时有神来之笔，让人眼前一亮。事实上，对一个优秀的小说家来说，题材问题不是最重要的，他的才华往往是在化腐朽为神奇中体现出来的，决定小说品质的优劣，恰恰是叙述的艺术技巧和作品文本的丰厚内涵。

而界愚在小说创作上的努力与潜质，确实值得我们关注和称道。他在《上海文学》上发表的第二篇小说《一个人的婚姻》，在叙述艺术上更趋成熟。舒安对于婚姻生活的困惑，实则上是折射了现代人的普遍心态。作为一个男人，以离家出走的方式来逃避婚姻的烦恼与责任，是无法解决这样的困惑的。而且，命运注定了他必须承受更大的人生悲剧。当他与妻子重归于好时，怀孕的妻子却因车祸而死。"舒安在这时听见嘭的一声撞击，在这间派出所明亮的办公室里，医院的景色栩栩如生地出现，舒安在那里看见了许齐无法辨认的脸。"

在这里，作者是否在暗喻人生的无常以及婚姻的无奈？作者的叙述显然把读者带入了深深的思考之中。作者看似漫不经心的叙述，实际上暗藏机锋，在并不明确的叙述方向中，意义似乎被消解了，只有读到最后，作者才把他的思考交给你，让你一起思考。

有人说，诗人的心灵是一只天生敏感丰富的容器。其实，小说家也是如此。在界愚的《在 1984 的午后行走》这篇小说中，我读到了青春、躁动，甚至诗意。它的诗意是内在的，从整齐排列的文本中律动着并透射出来。《小说界》编辑谓之"青春的纪念"。确实，这篇小说唤起了我们对青春时代的记忆，伤感而又温情的记忆。我喜欢这篇小说，更是因为小说深含的一种意味深长的诗意。

界愚的叙述是有节制的，而他的语言又是精致的。在这样一篇简短的阅读随笔中，我只是如蜻蜓点水一般记下了我的一点感想。然而，我的阅读感觉告诉我一个非常清晰的事实，那就是：界愚的小说创作起点高，而且冲刺力强。我们有理由相信他以后的作品更精彩，更让人喜出望外。

匣子里的挽歌

故国三千里，深宫二十年。

一声何满子，双泪落君前。

我最初是从唐诗人张祜的这首《何满子》中，感受到古代中国女性的不幸和苦难的。而在柔石的代表作《为奴隶的母亲》中，我看到了我们的母亲们悲惨的血泪，无尽的坟墓和无限的死夜。而在另一方面，自古以来，三从四德、烈女贞妇之类观念一直是妇女包括男人信奉的传统美德。神女峰、望夫石便是这种"美德"的典范缩影。

历史发展到了现在文明的今天，中国妇女已经从封建的桎梏里挣脱出来。但是，那种心里深层的传统意识如深深的烙印一时难以消除，仍时时在制约、影响着她们的命运。《匣子》这篇小说，把思想的锋芒刺进妇女心理的深层结构，唱出了一曲深深的挽歌。

在母亲珍藏的匣子里，没有金银首饰，没有父亲送的定情信物，却珍藏了一个少女多彩的梦幻和对人生的美好向往。这是至为宝贵的，千金难买。然而，这一切却随着过早的、仓促的婚姻而被无情地葬送了。小红木匣子里的秘密，是母亲永远的伤痛。经历了"窈窕淑女、君子好逑"的时代后，"高雅而漂亮的母亲成了英俊父亲的妻子。母亲使父亲更添几分英俊，母亲又使父亲感到自豪和满足"。女人成了顺从、愉悦、完美丈夫的代名词，并且还理所当然地兼有生儿育女的天职。然而，母亲毕竟已接受了初步的文化，对人生和命运有着自己朦胧的思考和设想，因而她对小匣子里的青春秘密无限地怀恋，至死不渝。可悲的是，她没有勇气与命运抗争，只有采取大多数妇女屈从命运的方式，独自流泪啜泣，任岁月流逝。对不幸的婚姻安排，尽管内心万分痛苦，亦强作欢颜，谓之幸福。把婚姻作为一种幸福归宿，这竟是千百年来妇女殊途同归的思想观念。

《匣子》给我们留下了深深的思索，这无疑是这篇小说的成功之处。

韦蔚以一只红木匣子贯穿全文，结构明朗，疏密有致，并以"我"的第一人称写来，行文朴素简约，亲切感人，增强了作品的艺术氛围和艺术感染力。然而通观全文，母亲的形象似嫌不足。小说对于母亲希望破灭后的幻想流露和幻想消失后复又重生绝望的那种心灵深处的悲哀与不幸，揭示得不够充分和独特，感情表达尚欠凝重。我想，如果韦蔚对母亲形象在艺术刻画上再强化一两个有力度的细节，并在主题思想上做进一步的开掘，动之以情则催人泪下，晓之以理则痛定思痛，那么，《匣子》或许将更加厚实而沉重。

乐忆英的小说

乐忆英是乌镇人。乌镇是我国著名文学家茅盾的故乡，历来人杰地灵、钟灵毓秀。也许是一代文豪文泽故里的缘故，年轻的乐忆英确实写得一手好文章。早在一九八八年，从发表在《小说界》的微型小说《加急电报》中，就可以看出二十二岁的乐忆英在写作上的潜在素质。

乐忆英不修边幅，少言寡语。但"君子讷于言而敏于行"，在业余写作中，乐忆英极其勤奋——这使得他的艺术思维始终处在亢奋状态，并通过敏锐的写作把所思所想、所感所忆表现出来。在不断的思考与创作中，乐忆英近年来的写作渐入佳境。尤其是他的小说作品，尽管是小荷初露尖尖角，但着实已透出一股清新的芬芳。在乐忆英的小说中，他常常使用"男孩""女孩"这两个富于青春意味的词儿作为其作品主人公的名字，因而他的小说洋溢着青春的气息。他善于用青春的眼光审视、观照少男少女的生活和思想状态。

如《错票》（《微型小说选刊》1993年第5期）写了一个不集邮的"男孩"与一个喜欢集邮的"女孩"，为了一张面值两角钱的错票，竟造成了两人之间的爱情错位。其阴差阳错，令人啼笑皆非。而在《好人一生平安》（《海燕》1993年第11期）这篇小说中，"男孩"是一个善良、纯朴的先进青年，在与"女孩"恋爱三年、等着分房结婚之际，又一次把分房指标让给了怀孕待产的同事，无意中造成了爱情之舟的搁浅，尔后因为"男孩"见义勇为，救助了一个被流氓侮辱的少女，才戏剧性地出现了圆满的转机，点出了"好人一生平安"的题旨。

我觉得乐忆英对于处在青春期的人物，有着比较独特的体验与把握。这个特点在小说《红尘无梦》（《东海》1993年第12期）中表现得尤为出色。小说对于主人公心理轨迹的追循，极其细腻传神，充分体现了作者的小说艺术特色和审美取向。

当然，从这些小说中，也可以看出一些明显的不足之处。如作品对青春期人物的生存状态的揭示与描写，更多地注重或者说借助于故事性和戏剧性，从而掩盖了毛茸茸的生活质感，局限了作品内涵的拓展。同时，也因为乐忆英撰写了大量的非小说作品，部分地妨害了作者对于小说艺术的进一步探索和新的发现。

我觉得，鱼和熊掌不可兼得，舍鱼取熊掌亦不失为上策。乐忆英如在小说创作上，更努力地培养自己的艺术目光，更深入地探索小说的艺术特点，则其创作必将获得新的展示和突破。

每次见面，乐忆英总是诚邀："到乌镇来。"——确实好久没去乌镇了，也真想找个机会去一趟。不过到了乌镇，乐忆英也不会没来由地与你"侃大山"的——他要说的话，全在他一篇又一篇的新作中。

成长的密码

    所有的文学创作都与我们的记忆有关。即使是特别强调"想象力"的小说创作，我想也是建立在写作者生活经历与人生体验的基础上的，换句话说，小说与我们的记忆是密切相关的。读罢王畈的小说《一路走下去》，尽管是虚构的产物，但我更愿意认为这样的文字来自我们童年的记忆。虽然我们成长的过程各不相同，然而深入到这样一篇文字中，我们沉睡的记忆就会被突然唤醒而百感交集。

    显然，作者无法绕开这样一个童年的记忆。他反复地、甚至有些饶舌地诉说着与成长有关的所有细节。大秀的不幸命运，源于她亲生母亲在她三岁时去世了，性情暴烈的父亲为她找来了一个后妈，这一切也许都不是悲剧之源，更重要的是她是一个女孩子。现实中重男轻女的劣根性，使一个女孩子过早地承受着生命之重。父母的责打与惩罚变成一种家常便饭，在父母身上，她得不到人间应有的温暖。甚至那张她三岁时与亲生母亲的合影都被父亲取走了，永远没能找到。"后来想我妈的时候，我就很少去找那张相片了。我可以在龙家山打柴时，一个人痛痛快快地哭，反正又没人听见。"这是一个不堪的人生现实。而作者的叙述是冷静的，没有任何的煽情，可是蕴含其中的情感是强烈的，我能感到内心的震撼与激动。所幸的是，大秀有一个慈祥的又深明大义的奶奶。六十二岁的奶奶为她争取到了求学的权利，用自己的抚恤金为她缴纳学费，又亲手为她缝制了一只百衲衣似的书包。这时，小说充满了温情的力量。"温情"有着特定的、不容置疑的力量，可以令你的伤痛、冷漠与孤独彻底瓦解和消融，使你的精神具有了烛照黑暗的亮度，支撑着你在人生苦旅上坚强地走下去。当奶奶猝然去世之后，大秀所面临的人生困境是退学，然后外出打工。一个年仅十四的女孩子背着那只五颜六色的书包，走在弯弯曲曲的山道上、走向山外的世界时，实际上是迎接更大的人生挑战。但我相信她的步子在沉重踉跄中是坚定有力的。

我对大秀背着的那只书包印象特别深刻。这是年迈的奶奶亲手缝制的，上面还留有奶奶手指被针刺破的印迹——密密麻麻的针脚，凝聚着奶奶对大秀的疼爱与期盼。年幼的大秀也深知这书包关乎着她个人的命运与前途，因此把这书包看得比自己的生命还重要。所以，当一块石头要了奶奶的命之后，大秀觉得那块石头也要了自己的命。我深深地感受着大秀内心的无限伤痛与悲凉。大秀背起这只书包走出山外，其实是背负着奶奶对她的满腔关爱与殷切期望，还有她自己的人生理想。

作者王畈在《一路走下去》中的叙事，更着重于细部的雕琢，某些细节一再出现，反复倾诉，并渗透在人物编码的每一道工序中，具有了一唱三叹的艺术效果。事实上，他通过这样的叙述，那些细节，包括大秀的后妈、亲爹、奶奶、上学、砍柴，百衲衣似的书包、舍不得吃的蛋糕等，为我们解开了一个童年成长的密码，揭示了人的成长与现实的关系。当代叙事学大师热拉尔·热内特在他的名作《叙事的话语——方法》的论文中对距离和视角有一段经典论述："细节数量越多，叙事方式越直接，本文离被描写的事件越近。"重温这个经典论述，有助于我们对小说的深入理解。生活本身是由一个又一个细节组成的，小说家的任务之一就是把这样的细节慧眼识珠捡拾起来，原生态地表现出来。

在读到王畈的《一路走下去》的同时，我又读到了他的另外两篇精短小说《丽姐》和《听我唠嗑》。这三篇小说所呈现出来的作者的叙事能力是令人高兴的。小说世界风景无限，有些人浅尝辄止，有些人不懈探索。对于王畈，不论这几篇小说是否隐藏着他小说写作中"成长的密码"，我只是真诚地希望他像小说中的大秀一样，坚持"一路走下去"。

从《吞噬》到《动车，动车……》

陈伟宏的《稻草人》（浙江文艺出版社 2013 年出版）由小说、散文与诗歌组成，是一部个人文集。陆陆续续读完了文集中的八部中短篇小说，总体印象是，陈伟宏的小说具有青春气息，他希望通过描述芸芸众生中的男女情爱关系，来反映社会现实，表达自己的观察与思考。

以《吞噬》为例，这个二十年前的短篇小说，在还没有发表之前，我就读过了。当时，《桐乡文艺》责任编辑周敬文约我写一个短评，与小说一起发表。我就不揣冒昧写了一篇阅读札记：

《吞噬》这篇小说，试图从人物内心的微观世界入笔，借以描摹和揭示人物所面临的现实生活。市场经济的侵入，出国热的灼热，使传统的家庭结构经受着变异、分裂的痛苦。如作品中艳儿的男人培，尽管十分博学，却因为太穷而觉得难以支撑起家庭生活的重压，于是，挣钱成为他人生的唯一目的，并义无反顾地抛下了温馨的家庭，他要"等到哪一天有了钱就回来"。而同样，作品中阿新的妻子徐志在留了张"鸡在烤箱里、啤酒在冰箱里、我不在床上"的条子后，对家庭毫无眷恋地出国去了。就是这种拜金主义和崇洋风，吞噬和摧残了作品主人公对于家庭与爱情的固有观念和传统理想。所以，在作品的结尾处，作者借助艳儿与阿新这两个人物，提出了重建家庭的思想结构的问题。

应该说，这篇小说时代感强，语言感觉也比较新鲜。然而，若以小说笔法而论，这篇作品存在的致命弱点是：缺乏生动、独特的细节。这个弱点削弱和影响了作品的思想深度。如果说，小说情节是人的骨骼、语言是修饰，那么，细节呢？细节应该是血肉。可以想见细节对于小说构成是多么重要的因素。只有血肉丰满的人，才能神采飞扬。换句话说，只有把独特、生动的细节匠心独运于情节之中，才能使小说获得艺术上的完美与成功。

今天重新看这篇札记，多少有点年少气盛的样子，说到小说的细节问题，也真敢写，一点儿也不圆滑，不知道当时作者看到以后会有怎样的纠结。若是放到今天，我绝对不会这么直截了当了，至少表述上要委婉，要曲折。

为什么我会在这篇札记中说到小说的细节？当时我也学习

写小说，读了很多小说名著，感觉到细节的无比重要。鲁迅的小说《祝福》，在写到沦为乞丐的祥林嫂时，有这样的描写："脸上瘦削不堪，黄中带黑，而且消尽了先前悲哀的神色，仿佛木刻似的；只有那眼珠间或一轮，还可以表示她是一个活物。"这里就是细节，祥林嫂的"眼珠间或一轮"，是作者的神来之笔。又如《阿Q正传》中，阿Q临刑前画押时："他生怕被人笑话，立志要画得圆，但这可恶的笔不但很沉重，并且不听话，刚刚一抖一抖的几乎合缝，却又向外一耸，成了瓜子模样了。"这段文字中，阿Q的行为是他性格的外化，争气不成，圆圈画成了瓜子模样。所以，读到类似的细节描写，就觉得人物真正写活了。

小说中的细节，包括人物的肖像、行动、语言、心理、道具、景物、场景等方面的细节，主要是为了刻画人物性格、塑造人物形象的需要。

回到《吞噬》这篇小说，当初写的札记确实有点简单。这次重读小说后，觉得作者在人物的心理细节方面，描写还是比较深入的，虽然显得粗线条了些。侧重于心理描写的小说，要求更加细腻、逼真。小说中的四个人物，艳儿相对生动些，其他三个人物是脸谱化的，或者说道具化了。艳儿与阿新的感情，少了铺垫，前奏戏份不够，仅仅是为情所伤而同病相怜，而且这个过程太过简化。

当然，在约三千字的篇幅中，推进小说进展的要求文字更简约、入戏要更快，而细节更要独具特点。

站在读者的角度，往往很自私，明明知道对于作者而言，殚尺万里、方寸纵横始终是极难的事情，但偏偏还有这样的期待。

来看《动车，动车……》，这是小说中的最后一篇，写于二〇一一年，是一部中篇小说。

显然，陈伟宏在这部小说中的叙述，自信多了，细致从容。中篇小说的篇幅，可以让作者有更多的回旋余地，有足够的舞台让一个个人物粉墨登场。

与《吞噬》一样，《动车，动车……》通过杨淳与异性之间的情感波折，反映了一个男人的心路历程，同时也让读者窥见了某种社会现实。

这部小说让我感到了陈伟宏在小说构思与叙述上的成熟。

当然，阅读仍然有更深的期待，如小说主角杨淳的悲与喜，痛与悔，始终是平缓如水的直线，如果让他的情感世界能够产生巨大的波涛，形成波峰浪谷，或许小说阅读起来更有意味。

小说作为虚构的文本，始终存在无限丰富的可能性。

当然，作为读者，只是姑妄言之，作者自可姑妄听之。

陈伟宏在大学时代就是一个校园诗人，曾任湖州师范学院第四届"远方"诗社的社长，以诗人身份操练小说、散文，勤奋耕耘，收获如许成果，颇不简单。诗歌、小说、散文三驾马车，驾驭起来齐头并进，极不容易。

而所有的努力，都是值得期待的。

《余孽》阅读札记

在桐乡文坛上，致力于中篇小说写作的费金鑫，能够坚持数十年而痴心不改，是颇不容易的。他出版了《业余时间》（黄河出版社 /2015 年 6 月），收录了七部中篇小说。五十余万字的篇幅，是费金鑫写作历程的一次回顾与总结。这本书的出版，无论是他本人还是桐乡文坛，都可以视为一种重要的收获。因为当代桐乡的小说创作，从微型小说、短篇小说到中篇小说、长篇小说，作者阵容与整体水平尚未形成较大的冲击力。所以，费金鑫中篇小说集的出版，有助于激发小说作者的创作热情，推动我们的小说创作。

在此，以费金鑫的中篇小说《余孽》为例，谈一下我对小说创作的想法与思考。

《余孽》这部小说，长达约七万字，背景是二十世纪七十年代中后期，通过农村知识青年朱杭来的生活、情感历程，反映了这个特殊时期的现实情况。朱杭来在学校业余文艺宣传队排演样板戏《杜鹃山》，高中毕业后回到农村老家，担任团支部书记并入党，成为农业学大寨工作组的一员，然后参军入伍。无论是《杜鹃山》，还是农业学大寨，都是具有鲜明特色的时代象征。

《余孽》采用的是线性叙事手法，从头看到尾一路顺畅，作者的描写细致周到，包括情节推进、人物对话，几乎事无巨细一清二楚。阅读上没有障碍，当然是好事，但从艺术上来看，就缺少了回味。

最近我读完了美国作家雷蒙德·卡佛的《短篇小说自选集》与加拿大女作家艾丽丝·门罗的短篇小说集《逃离》，深有体会。卡佛的小说是极简主义，具有海明威的风格，而门罗被称之为"当代的契诃夫"，契诃夫说"简练是才能的姊妹"。卡佛与门罗的小说风格各异，但有一个共同的特点，就是简约与浓缩。如门罗的短篇小说，按评论家的说法是浓缩了的长篇小说。她对于小说的简与繁处理得非常到位，而且叙事手法灵活多变。所以，门罗的短篇小说仅仅读一遍是不够的，需要读两遍、三遍，才能悟其精妙之处。

回到《余孽》上来看，总觉得文本的空白留得过少，没有了悬念就没有了期待。所以我在阅读时就在思考，朱杭来排演《杜鹃山》这个过程，有没有必要写成这么长的篇幅？朱杭来回到农村后的生活，是不是可以再精练一些？那么多的人物对话可否删减，使对话成为推进情节必不可少的部分？

一直以来，我也在尝试小说创作，这些技术问题，始终也是我的困惑，之所以提出来，是借这个机会抛砖引玉，大家一起来探讨、领悟小说的艺术，从而提高我们的创作水平。

描摹尘世图景，揭示凡人情怀

近年来，王学海的短篇小说创作渐入佳境。从他写的小说来看，作家尤其关注生活中的底层人物，表达小人物的喜怒哀乐，其小说的主题可以概括为：描摹尘世图景，揭示凡人情怀。

《走着》是王学海最新的短篇小说。主角唐洛是一个中年知识分子，又是一家事业单位的负责人。唐洛与常洛是半路夫妻，双方都没有孩子，再婚组合的家庭，考虑最多的就是双方的家庭关系，既然没有孩子的纠葛，生活自然和和美美，波澜不起。唐洛甚至一再产生周游世界的美好愿望。然而，生活的转折点出现了——常洛居然有个儿子，而且擅自闯入到了这个再婚组合的家庭中，令唐洛猝不及防。

当常洛的儿子在唐洛毫无心理准备的状态下出现后，小说情节便出现了转折。这个转折点非常有意味，吸引读者阅读下去，考察再婚家庭的现实生活状态。美国著名小说家亨利·詹姆斯对于小说表达过这样的看法："我们在事前可以要求一部小说承担的唯一约束，而不至受到独断专行的责难的，就是它必须让人感到有趣"（亨利·詹姆斯《小说的艺术》，上海译文出版社），可见"有趣"之于小说的重要性。《走着》在创作过程中，注意到了推进叙事的转折深入，形成戏剧性、冲突性的这一艺术效果，使之成为小说结构的重要支柱，成为读者探求真相、寻找答案的原动力。

由此，我们饶有兴趣地看到了唐洛所面临的困境，并且怀着期待的心情看他如何解决家庭的矛盾。显然，妻子常洛向他隐瞒了有一个孩子的事实，让唐洛的心头蒙上了阴影，然而，知识分子的矜持，使唐洛一再尽量保持自己的君子风度。常洛对于儿子购买阿迪达斯服装、电脑的要求，毫无怨言地予以满足，这是母爱的体现，但她忽视了丈夫的感受，为了儿子我行我素。从来没有出过县城的她，居然在一个晚上独自驾车，冒着风险前往几十里路外的高铁站去接儿子，这让唐洛又惊又怕，一气之下，离家出走——到皇家大酒店开房过了一夜。"江湖浊浪一口喝"，唐洛的"借宿"，让小说导出了再婚丈夫每每被人忽略的内心复杂性。

小说的结尾更耐人寻味。赶往医院的唐洛，他的脚步已停不下来了，一直向前走，只知向前走。一个中年知识分子，有太多太多的负累压在肩膀上：单位的一个全国性活动筹备工作正在节骨眼上，一篇待发表的论文要补填参考文献，副高职称的材料急需填报，妻子的儿子要动手术……这里，我们既看到了中年知识分子承受的现实压力，更看到了"焦虑"作为一种现代社会病给人的心理伤害，这也许正是小说的社会价值与审美批判内涵。

《走着》从再婚家庭的人物关系入手，剖析当下时代的某种生活现实。男主角唐洛面对现实有委屈、有疑惑，甚至哀怨与愤懑。但是，他有责任感，有担当意识，无论对于家庭，还是对于社会，都是一个具有积极意义的人物形象。

小说结尾唐洛的"一直往前走着"，不是逃避，而是负重生活下一种心灵自由的渴望。

在艰难困苦中逆袭成长

我相信,是王英生动的叙述吸引我读完了她的长篇小说《我与父亲的战争》。这部小说二〇一二年由作家出版社出版,两年后在台湾以繁体版印行。

小说主角的名字叫"小小",一个尘世中小小的人物。这个小人物的不幸,首先是从脸上带着粉红色的胎记开始的。由于这块粉红色胎记,自她出生以后,父亲就对她充满了极端的嫌弃。在小小的少年时代,她与父亲的战争绝对是不对等的角力。当然,父亲一开始也没有施暴于年幼的小小,而是把怒气撒在小小的母亲身上,经常无缘无故地家暴母亲。在小小十岁那年的除夕夜,父亲又一次暴打母亲,小小扑上去劝解父亲,惹得父亲大怒,把瘦弱的小小扔出了家门。就在那个辞旧迎新的夜晚,母亲带着小小离开了家,开始了流浪在外的艰辛生活。

父亲的暴躁易怒、歇斯底里,最主要的原因是反右风暴带给他的严重打击。一个风华正茂的中学副校长,因为讲了真话而被打成右派，工作丢了，收入没了，地位、名誉、尊严，一切都化为了乌有。只有在家里，他以家长的强权作风统治着妻子和儿女，维持可怜的自尊心。而今，妻子与女儿小小被他打跑了，这一走，彻底挑战了父亲的家庭权威。

在那个年代，小小与母亲相依为命，她上学读书，渐渐长大成人。但是，父亲始终在纠缠她们，小小也始终没有与母亲回到家中，其中的生存境遇更是艰难曲折，她小小的年纪就切身体会了尘世的人情冷暖、风刀霜剑。

小小的班主任是以父亲的另一面出现的，他虽然蒙受万般委屈，仍对小小充满关爱、鼓励与呵护，还引导她爱上了文学。在政治生态无比严酷的年代里，在小小缺失父爱的成长过程中，这是多么可贵的温暖阳光。

小小不屈服父权，不屈服强权，从少年时代起就具有了独立意识，逆风成长。外表柔弱而内心刚强，地位卑微而永葆自尊，如同荒原里的野草一样，顽强生长，特立独行。

作者对小小这个人物倾注了深厚的感情，特别是以第一人称"我"为叙事视角，仿如作者人生的真实写照，作者的真情实感与小说人物的思想行为有机融合，增强了作品的可读性。

小小在即将步入成人行例时，脸上的粉红色胎记忽然消失了，使她充满了青春女孩的美丽。然而，造物主故意刁难这个不幸的女孩，偏不给人予完美，十八岁那一年，在药厂工作的她，右手的大拇指与食指被机器的齿轮无情地辗掉了。

这是小小外表形象在成长岁月里的改变，而她的内心情感更是波澜起伏。如与药厂大师兄曲曲折折终成夫妻，组成了家庭，生了孩子。然而，生父的去世，让她痛感血脉相连的亲情是永远割不断的，从父亲的遗书中又让她看到了深深的父爱，只是悲剧的时代扭曲了正常的人性。班主任前来看望小小时，她哥哥把班主任揍得遍体鳞伤，致使旧病复发而伤逝，小小从班主任的最后一封信中方知，原来老师一直是默默地爱着她。撕心裂肺的小小去找哥哥复仇，结果哥哥与生产队长丧命在黄浦江的沉船事故中。在这样的情感沧桑中，小小逐渐成熟，找回自我。

从这部小说中，我们可以看到，救赎小小灵魂的主要源泉是文学。一直爱好文学的小小自愿放弃高薪单位的工作，调入清汤寡水的文化部门，后来又进入当地政协，成为一名机关干部。在常人眼里，捧着金饭碗的小小无疑是一个成功人物，还有什么不满足呢？但是，她忽然以常人不能理解的举动，在知天命之年居然辞去了公务员，回家做了一个自由撰稿人。

小小与父亲的战争，实际上是她与自我的艰难博弈。一个女性的心灵成长史，是如此惊心动魄，在逆境中突围，寻找人生定位，方得自信与自强。

从小说细节上看，作者十分用力，尤其是对小小的内心情感把握相当到位，烘托了人物的思想脉络与发展过程。阅读下来，有些细节方面的描写似有商榷之处。粉红色胎记可以不翼而飞，经年不开花的桂树可以重新绽放，然而，若回到小说的前面，母女俩除夕夜逃到小小的继妈家，第二天是大年初一，小小的母亲就外出找工，而且居然找到了裁缝店的工作。在描写人物面临不幸命运的时刻，细节真实的处理显得更加重要。

著名评论家雷达在本书序中认为"好的小说中主人公身上总

有作者心灵的影子",在阅读《我与父亲的战争》的过程中,我从报刊初步了解了王英的人生历程,这部小说确实有她自己的影子,甚至在相当程度上呈现了作者心灵的"自传",所以,小说写得真切动人,具有强大的感染力。

山地佳雾：一种文化象征

叶智中的中篇小说《我的朋友住佳雾》叙说的是"我"因大学联考失败，为了"逃避从那场被称为一个关键战役上败下来后，一切世俗的关心和嘲讽"，而来到这个叫作"佳雾"的山地隐居一时。在这段时间里，山地那美丽的自然风景，纯朴可爱的山地人，使"我"得到了一种在大都市永远感受不到的清新、怡静、净化和超脱。作为一个受过良好教育的文艺青年，"我"以一种既喜悦又痛苦的心情，来感受和观照山地佳雾的人与自然。于是，山地佳雾作为一种文化象征呈现在我们面前。

由于工业文明时代的到来，人类社会发生了巨大的变革。一方面，人类充分享受着现代化对衣食住行带来的恩惠；另一方面，人类又承受着工业文明带来的自然污染、人情冷漠、世风不古诸般痛苦。"现代人同自己疏远开来，同他的伙伴或同事们疏远开来，同自然界疏远开来。……每一个人充满了强烈的不安全感，焦虑感和罪恶感。"（［美］埃·弗洛姆《爱的艺术》）由于这种现象，导致了人与人之间爱的丧失与崩溃。因此，在现代西方产生了一批对工业文明的叛逆者和异端学说。

如二十世纪初期英国著名作家 D.H. 劳伦斯，即是其中之一。劳伦斯亲眼看着自己美丽可爱的故乡遭到工业文明的破坏与污染，这使他为之深恶痛绝："英格兰的真正悲剧在于丑恶。乡村是这样的可爱，而人造的英格兰却是这样的可憎。"因而，当劳伦斯来到意大利时，那迷人的自然风光和风土人情使他流连不已，倍加钟爱。这种思想和经历形成了劳伦斯创作最基本的主题，即：回归自然。特别是人性的复归自然。

在《我的朋友住佳雾》这部小说中，作者体现出了如上所述的创作意图。山地佳雾是自然、纯朴而可爱的。这里的达加大溪、石板屋、米酒、丰年祭以及简单得有点单调的曲子，无不具有一种自然原始的美感，令人亲切、感动和陶醉。特别是朴实无华的人情风俗，更令人全身心地为之融洽而安谧。这里，作者饱蘸浓墨地写了"我"的两个朋友——固依和比都爱。他们健康美丽，勤劳朴实，敢爱敢恨。这就是小说中"我"所向往的一种理想、健康、可爱的人生。同时体现了作者的创作主题和审美取向。

然而，山地佳雾正经历着现代文明的冲击。山地人极力向往都市，向往现代文明。许多古老传统都被教堂、平地人物质化了；大自然美的象征——珍禽异兽在唯利是图的蛊惑下被廉价地出卖；最后一家石板屋也将被拆除，代之而起的是一幢幢新洋房；山地人受到压迫、剥削、榨取劳力。诸如此类，造成了理想与现实的强烈冲突。在这种充满了骚动不安的蜕变、阵痛中，作者表现出一种传统文化的失落感和"无可奈何花落去"的忧伤。

其实，作为现代社会的一部分，山地佳雾不可能是文人雅士所理想的世外桃源，它必然要受到现代文明的冲击与洗礼。因为这是人类历史发展的必然趋势。这是不可抗拒的，亦别无选择。我们大可不必为此困惑而无所适从。在小说中，我们看到，山地的年轻人，包括"我"的朋友固依和比都爱，他们在现代文明的吸引召唤下，发现一个人生新天地，于是为了改造山地的穷困落后面貌和山地人旧有的生存方式，他们不断地争斗着、努力着。年轻一代的觉醒和奋斗，使山地佳雾充满了光明和希望。作者叶智中赋予小说这种积极的意义，让我们欣喜地感到超越传统文化思想的轻松和开阔。由此，我们凭借人类的理性与智慧，相信埃·弗洛姆在其著作《在幻想锁链的彼岸》里的乐观预言，人类将"充分地发挥人的力量，从而达到与自己的同类以及同自然界的最终的新的和谐"。

《春衫犹湿》赏读

A

德国伟大作家歌德在《少年维特之烦恼》这部小说中，以一种近乎痴狂的、走火入魔般的感情，如泣如诉地述说了一个刻骨铭心的爱情故事。哪个少女不怀春，哪个男子不钟情！自从有了人类，就有了爱情。在人类的所有情感中，爱情无疑是最奇异、最伟大、最热烈深沉、最纯真美丽的感情。因而，千百年来，古今中外，爱情成为文学艺术家笔下永恒的文学主题。罗密欧与朱丽叶、贾宝玉与林黛玉，便是作家呕心沥血创造出来的理想化身，爱情典型。

展读欧宗智的长篇小说《春衫犹湿》，只觉好一片似水柔情，四面八方，漫无边际，向我蔓延，将我包围。我的全身心被"智"和"真"纯真热烈的爱情之水所浸淫、所融化。欧宗智极其真诚的讴歌与礼赞，带我到了一个极致的爱情境界，使我对爱情有了一种全新的感受和认识。

欧宗智的心路历程，几乎每一个少男少女都曾亲身经历过。谁没有发生过倾心的爱恋？谁没有忍受过别离的痛苦？谁没有享受过重聚的欢乐？谁没有承受过相思的煎熬？——凡恋情种种，欧宗智都以细腻、写实、清新的风格，作了真切而尽情的抒发。爱情是生命人格的升华。人的一生中真正的爱情也许仅有一次。因此，任凭风侵雨蚀，任凭岁月流逝，用两个人全部心血培植起来的爱情之花却愈加鲜艳芬芳。爱情是值得不懈追求和献身的，是值得终生珍惜和守护的。这是《春衫犹湿》读后，我心灵深处引起的强烈共鸣与感悟。

B

《春衫犹湿》的艺术特色，分析起来，我想可以包括这样三点：真诚的情感、诗意的描写和独特的文体。

真诚的情感。古今文化都注重一个"真情"。"真者，精诚之玉也。不精不诚，不能动人"（《庄子·渔父》），说明文贵真诚方能让人情动于衷。无论是刘勰的"为情造文"（《文心雕龙》），还是王国维的倡写"真情"，都深刻地揭示了"缘情而发"的文章真谛。欧宗智深谙其道，《春衫犹湿》所着力表现的正是一种不虚伪、不做作的人间真情。

这种真情，首先表现在：作者以恋爱中人全心对爱的感受和理解，以爱的语言营造了小说真实的文学氛围以及栩栩如生的恋爱情景。所有的细节，所有的情思，全是不加掩饰的、真实的爱心之体现。

我们可以从这些具体的例句中感受作者的思想情感："我现在可是没有心的人了。摸摸你心，看有无多出一颗心来？"——多么纯粹而确切地表达了主人公全心全意的爱。

"你的信是最佳补品，若信不来，太瘦太饿的我必定死去。""再不见你，我会死掉。"——大傻话，傻得让人忍俊不禁。然而，仔细体会，这何尝不是最实在的抒情！恋爱中人，谁没有说过类似大傻话呢？情到真时，大智若愚。

"我是泥，你是水，泥有了水，泥就不再干裂。"——读至此，使我想起三毛也曾经说过："男人是泥，女人是水。泥多了，水浊；水多了，泥稀。不多不少，捏两个泥人——好一对神仙眷侣。"世界上的感情是相通的。

《春衫犹湿》通过一封封书信，写了"智"和"真"从恋爱到分手的全过程，全是剖腹掏心的真情。如果作者没有对爱情极其深切的体验与把握，我想他难以有这样独特的艺术表现。

诗意的描写。《礼记》曰："情欲信，辞欲巧。"真诚的情感，如果不是通过艺术语言的表达，则难以起到任何审美效应。《春衫犹湿》整部小说皆是诗的感觉，诗的语言。这种诗化的语系，与作者所要表达的情感有机地融为一体，真实地展示了男女主角爱之心灵和青春情愫。"等到九月，你的唇将是秋季最开朗的两片红叶，而我则是夹在两片红叶间，扁扁瘦瘦的秋天。"类似句式比比皆是。运用的通感、象征、意象等诗歌艺术的表现手法，强化了情感的力度和诗意美。

独特的文体。《春衫犹湿》采用的表现方式是小说创作中不讨巧的书信体手法。我说的"不讨巧"是说，这种书信体（包括日记体），一般难以展开大起大落、引人入胜的情节性描写，文化品位通俗化的读者通常不易接受和欣赏。但是，书信体小说尽管受制于情节的展开，在表现视角上却长于抒情。这种文体特点使作者更加自由地开放心灵与情感世界，充分地直抒胸臆，坦诚地裸露思想，因此在艺术上更具真实性，使读者能一下子深入作者的心灵世界与审美领域。

值得一提的是，小说《春衫犹湿》每一页内文都配有一幅精美的插图，结合小说的意境，可谓珠联璧合，其诗情画意，尽在不言中。

C

三言两语，言不及义。尽管只是粗浅的简评，但已足够表达我对欧宗智的言情力作《春衫犹湿》的喜爱和推崇了。

严歌苓的一组小说

　　《台港文学选刊》于一九九六年第八期在"欧美华文小说林"栏目中推出了严歌苓的"小说小辑"：《茉莉的最后一日》《我的美国同学与老师》以及《书荒》。从中我们可以看到一个旅美华人作家对社会现实的体验、思考与怀想。

　　美国社会是一个金钱至上的国度，拜金主义的冷漠、无情对人的戕害是极其残酷的。严歌苓在《茉莉的最后一日》中，直面其冷酷和残忍，截取了一个司空见惯的社会横断面，深刻地剖析与揭示了金钱世界的无情与丑恶。八十多岁的老太太茉莉就是其中一个可怜的牺牲品。她患有严重的心脏病，为了应付那个催命鬼似的推销员郑大金的纠缠，竟顾不上服药而终至筋疲力尽，一命呜呼。而推销员郑大金，也是一个金钱的受害者，他迫于生计，为了做成这笔营利微薄的小生意，对怀孕七月的妻子的一再传呼无暇回复、置之不理，最后酿成惨剧——当他赶回家时，妻子早产大出血，已被送进了医院。这样一个悲惨的结局，令人读来酸楚不已。作家以其细腻的观察与独特的体验，在小说艺术的表达上，极为精到传神，客观冷静，又蕴含了作家思想的锋芒和辛辣的批判。

而《我的美国同学与老师》和《书荒》则是两篇明显散文化的小说。前者写了东西方文化的碰撞。东方文明与西方文化，对于性、乞丐、同性恋诸方面观念迥异，冲突是不可避免的。后者回忆了作者读书经历中的苦乐："书在被焚烧时才会有趣，书是盗来的才会有趣。"这两篇作品，行笔舒展自如、叙述沉着朴实。

从这几篇作品中，可以看出严歌苓小说的艺术特色。如《茉莉花的最后一日》具有强烈的批判意识，对于被金钱毒害至深的主人公既猛烈抨击又深含同情；《我的美国同学与老师》在观念差异的冲突中，力图保持着传统的东方文明，无奈而又固执；《书荒》在温馨的叙述中，抒发了人类对书籍、对文明的渴盼和向往。

严歌苓是一个极有艺术成就的作家，她的许多小说在华人世界中影响广泛。一滴水可以折射出太阳的光辉。同样，在这组小说中，我们可体察到一个身处异域的华人作家的敏锐洞察与艺术才华。

《唐前燕》絮语

一九九二年初，《嘉兴日报》文学副刊编辑夏辇生约我为一位青年散文作者周建新写一篇评论，她特意提到，周建新是桐乡人，时为空军中尉。我翻阅了周建新的作品剪报，约十来篇散文，尔后写了一则阅读札记《一切景语皆情语》，由夏辇生老师编发在《嘉兴日报》"南湖"副刊（1992 年 3 月 11 日）。

一去经年，重续文缘。二十六年后的孟夏，我与周建新相会在浙江传媒学院桐乡校区《唐前燕》的首发现场。《唐前燕》的作者东方静好（周梦真）是周建新的女儿，二十三岁的英伦硕士，忽然间放飞出了一只"唐前燕"。

原来这么多年杳无音讯的周建新——用新书首发式主持人、浙传文学院院长张邦卫的话来说——诞生了最优秀的作品。当然，这是指他的女儿。这女孩不仅长得灵秀，而且心思敏慧。

周梦真的敏慧，体现在她的艺术感悟上。唐代著名画家周昉（别名周景玄）善绘仕女图，传世作品有《簪花仕女图》《挥扇仕女图》《调琴啜茗图》等。其中《调琴啜茗图》画的是在植有桂花树、梧桐树的庭院里，三位贵妇在弹琴、品茶、听乐，两个女仆在旁伺候，画面静美而又悠闲。然而，居于中心位置的红衣女子，画家只画出了她的背影。约一千二百多年前的画家周昉为今天的一位周姓女孩留下了无限想象的空间，艺术就是这样心有灵犀。是的，就是这幅画中红衣女子的背影，引发了周梦真的万般好奇：

　　画中红衣女子是谁？

　　她与画家具有怎么样的秘密关系？

　　这幅画的背后又有怎样一种引人入胜的故事？

　　这个谜，且看周梦真如何来破解？

　　在《唐前燕》中，清代的悦耳格格对《调琴啜茗图》迷恋至深，仿佛前世的夙缘，梦回大唐追寻画中人物的前生今世——画中的红衣女子居然是唐玄宗李隆基的女儿永宁公主。小说中永宁公主的生母乃武惠妃，而历史上的永宁公主生母不详。《钦定全唐文》录有册封永宁公主文，时在唐开元二十六年（738）八月二十二日，距今正好是一千二百八十年。《新唐书》有记："永宁公主，下嫁裴齐丘。"虽然史有其人，但是《唐前燕》不是历史的记述，而是虚构的小说，因此，作者叙述的故事情节有历史的影子可循，但不对应真实的历史。

　　小说自有虚构的逻辑与韵味。拥有永宁公主身份的清代格格悦耳，因为一幅画喜欢上了一个唐朝画师，然而作为永宁公主，她不由自主地陷入了险恶的宫廷争斗，李亨为了与李瑁争夺太子位，精心策划了一场残酷的生死剧。李瑁与李悦耳是兄妹，他们的母亲武惠妃是李隆基的宠妃，为了重击武氏一派，李亨设计首先向永宁公主开刀，如杀手暗夜十七因为永宁公主曾经说了一句话，使他的恋人阿柳被砍掉了四肢，所以他要设法谋杀永宁公主；而永宁公主要下嫁的裴齐丘也身负血海深仇，因为武惠妃是杀了他生父，又逼他母亲改嫁的罪魁祸首，所以裴齐丘与李亨结为了同盟，欲取永宁公主性命以图复仇……而这一切都是发生在永宁公主册封之前，从清朝穿越而来的悦耳格格对从前发生的一切是一无所知，她只是来寻找宫廷画师周景玄的。

因此，永宁公主一出场便危机四伏，这使得《唐前燕》具有了"好看"的各种要素。把小说写得好看，首先要设置好故事情节的冲突与起伏，从中可以看出作者构思之匠心。公主画舫突然沉水，赛马场上宝马失蹄，留香楼门口的毒箭，含元殿夜宴的毒杀，大婚之日忽被掳走……永宁公主可谓步步惊心，险象环生。清朝的悦耳格格由此经历了大唐宫廷斗争演绎出来的一次次生死劫，经历了令她刻骨铭心的爱恨情仇。

周梦真毕竟是女孩，用笔纤细，即使是一场场惊险大戏，她也没有去刻意营造扣人心弦的视觉感，而是仿佛蜻蜓点水一般闪过，事实上悲剧已经发生，如邹郎箭伤，皓月惨死。永宁公主大婚被劫那一段，描写相对详细，这个过程是惊心动魄的，也是永宁公主的内心真正接受驸马裴齐丘的关键一页。

在小说中，唐朝的永宁公主是清代的悦耳格格代入的，她的记忆中没有永宁公主曾经的所作所为，完全变了一个人，因此，永宁公主在宫廷中的表现显得相当单纯，正如她姐姐咸宜公主所说的："悦耳的性子真是不同往日了。"这也是皇宫中人的共同感受。悦耳追慕邹郎（周景玄），两人产生了深厚的友谊，在毒箭射向永宁公主的紧急关头，周景玄舍身阻挡。而在皓月被毒杀、周景玄身陷牢狱之际，永宁公主不顾父皇震怒，坚决为周景玄求情；又如神色冰冷的裴齐丘，受命于李亨，又与永宁公主宛若仇雠，但始终不忍对她下手，反而默默地保护着她，甚至在杀手暗夜十七劫持、刺杀永宁公主时不惜生死相搏，营救了悦耳。所以，永宁公主对他从陌生到熟悉、从无视到接受，最终认同了这个驸马。然而，由于暗夜十七追杀永宁公主一案东窗事发，裴齐丘作为同党而获拘押待判，永宁公主勇闯紫宸殿，不顾忤逆之罪，请求父皇赦放裴齐丘。诸如此类的情节，使森严壁垒的皇宫具有了情与爱的温度与光辉。

悦耳格格作为清代人，早已熟知唐史，当她以永宁公主的身份看到杨玉环时，杨玉环是哥哥李瑁的爱妃，是她的嫂嫂。这时，周梦真突然这样插笔写道："悦耳正打趣她，却突然想到杨玉环将会成为李隆基的爱妃，最终惨死在马嵬坡的乱军中，不禁面露哀色，如此绝代佳人……思及此，正欲心疼地看向李瑁，结果没发现李瑁……"这段描写，把悦耳的角色拉回到了清朝，作者借小说人物发出了这番千古叹息。这是《唐前燕》时空交错的创作构思产生的阅读趣味。

因此，《唐前燕》这部小说既是好看的，又是有趣的。

读完小说，我感到周梦真拥有小说创作必须具有的想象力。华人女作家严歌苓说过："我的小说基本靠想象力，我很庆幸我的想象力很丰富，小说家应该有举一反'百'的能力。但是作家可以虚构，细节却一定要真实。"小说是想象力的产物，但虚构的小说一定要有真实的细节，这是小说的生命，也是小说的魅力。周梦真正值青春时代，如果长此以往钻研小说之道，相信她会更有作为。

长篇小说《底线》的三个意义

长篇小说《底线》，作者万加华，中国环境出版集团 2021 年 9 月出版。

一、《底线》的现实意义。改革开放以来，我国经济高速发展，人民生活水平迅速提高，但是带来的环境污染触目惊心。中国的环保与国外环保的问题都是一样的，先污染，再治理，只是发达国家的工业发展更早，走过了初级阶段，积累了治理污染的先进经验，同时他们把许多污染产业转移到了国外。我国作为发展中国家，在工业化进程中付出了环境污染的重大代价。嘉兴就发生过两起轰动一时的环境事件：王江泾沉船断河，黄浦江万头死猪。

因此，"绿水青山就是金山银山"这个理念深入人心，得到了老百姓的广泛支持。加大生态文明建设，既要发展生产，又要保护环境，全社会形成了普遍的共识。

万加华的《底线》以小说的艺术形式，呼应了"两山理论"在现实中的迫切需要与落地实践。

二、《底线》的写作意义。与现实生活短兵相接的写作是需要勇气的，作为一个环保工作者，万加华具有强烈的使命感、责任感，创作了大量的环保作品，为我们留下了文化意义上的环保档案。

《底线》中写到的环境污染事件，就是我们曾经亲历过的伤痛；卫建国及其伙伴们的创业经历，就是这一代农民、企业家们的缩影。如小说中的"沉船断河"，新世纪初嘉兴的王江泾镇与苏州的盛泽镇因为水污染引发巨大纷争，这起江浙两省交界的污染事故，惊动了江浙乃至国家高层，影响巨大。这个真实的案例我们都记忆犹新，万加华把它写进了小说，典型地反映了环境污染的严重状况。

鱼米之乡如果再污染下去，后果确实是不堪设想的。近年来，各级政府通过五水共治、行业整治等，以史上最严的环保风暴，自上而下执法督查，取得了明显的成效。小说从三十一章到四十章，反映了污染治理、绿色发展的过程。

万加华在小说中以纪实的手法，生动地描写了这一代的人物群像，揭示了他们的环保意识从混沌到觉醒，化为自觉行动，守护江南的环境美、生态美。

《底线》的主旨就是保护生态环境的底线。

三、《底线》的启示意义。习近平总书记在中国文联十一大、中国作协十大开幕式上指出，"希望广大文艺工作者用情用力讲好中国故事，向世界展现可信、可爱、可敬的中国形象"。

嘉兴故事是中国故事的组成部分，作为红船旁的嘉兴作家，如何通过文学创作讲好嘉兴故事，《底线》这部长篇小说具有可贵的启示意义。创作现实题材的小说是不容易的，写好现实主义小说更不简单，万加华以《底线》这部小说做出了有益的探索与积极的尝试，这种努力值得肯定，期待万加华创作更多更好的环保小说，以文化的力量推进嘉兴生态文明的建设。

（长篇小说《底线》分享会发言稿）

《踏浪》：温情的基调，善念的加持

　　王肖婷自小喜欢读小说，喜欢写作，十几岁的她读到了女作家迟子建的短篇小说《亲亲土豆》，为这个凄美的情爱故事感动不已，她觉得以后也要写这样让人动容、让人落泪的文章。王肖婷大学时代的写作老师是诗人伊甸，读过她的习作后，伊甸对她说："如果坚持写作，你一定可以成为一个充满温情的作者。"她把老师的话记在了心里，年复一年地坚持写作，编织一个又一个具有温情内核的人间故事，亮相在《南湖晚报》一个名叫"如果爱"的专栏中。

　　一晃十余年过去了，王肖婷把专栏故事集结起来，出版了一部小小说集《踏浪》（太白文艺出版社 2023 年 1 月）。一篇篇读下去，虚构的内容在散文笔法的处理下，仿佛是真人真事的勾勒描述，而相比于散文则又多了几分丰富，倒是别有意味。

　　王肖婷笔下的一个个故事，来自如水一般流动的生活长河中，同学、邻里、职场……她善于琢磨看到的人物、听到的故事，如在旅途中看到邻座的那些人，她会揣摩他们的关系、经历，或者在广场上的交际舞中，看到一对陌生男女相契的神情、优美的舞步，她会生发出构思小说的联想来……待到灵感袭来，他们就成了她笔下的主角。对生活加以细心的观察、细致的分析与细腻的感受，往往是一个作家必须具备的基本素养。作家老舍说过："所谓观察便是无时无地不在留心，而到描写的时候，随时的有美妙的联想，把一切东西都写得活泼泼的，就好像一个健壮的人，全身的血脉都那么鲜净流畅，小说家的本事就在这里。"以这段话来印证王肖婷的写作，应是恰如其分。

温情，是王肖婷这部集子的基调。《运河人家》中有个船民女孩，左右手各有三根手指并在一起，在风雨中日渐长大，长年生活在水上的她听水识鱼，捕获甚丰，尽管手指并拢，但盘起方向盘来极是稳健。有一个船上的小工看上了她，要做上门女婿，她以自己是个残疾人而相辞，那小伙居然说出了一句动人的情话："美人鱼的脚也是并拢的，一样很美的。"他们结婚后，仍在水上讨生活，跑了几年运输，换了大船，从运河闯向长江，更需要胆识与谋略——女人是这个家庭的主心骨，她自己在江河中刚强地奔波谋生，但是不希望两个女儿像她一样在水上生活，因此，她在城里买了房，送她们上最好的学校，寄望她们以知识改变命运，这就显现出一个船民女子的见地来。读完这篇小小说后，我发现这个连名字也没有的女人，仿佛运河中的万千碧水一样平凡，但是她的人生故事如同哗地一下卷涌而来的水花——即使瞬间落入水中，依然足够明艳而让人难忘。

温情的基调还在于这六十余则故事都是尘间俗世的情爱纠

葛,大多是年轻的模样,爱与怨、离与合都是因缘而定,没有轰轰烈烈,也没有寻死觅活——或许,再激烈的情感波澜,如愿也好,错失也罢,在生活的大潮中终究是静水流深。如集子中的《小圆满》,女医生与男警察经人介绍而相识,却因她是外地人,男方母亲不同意,致使两人的情缘无果而终。若干年后,他们各自成家,在事业上各有成就,当然生活中亦各有风景。女医生觉得人生大多不圆满,但是拥有自己的一片小天地,何尝不是一种小圆满!

因为温情有善念加持,所以往往具有潜移默化的内在力量。

就小小说写作而言,在短小的篇幅中,融入角度新颖、结构严密、情节奇妙这些艺术要素,使其见微知著,耐人寻味,直击人心方能打动人心。相信王肖婷随着经历与阅历的增长,在未来的写作实践中,会有不断的感悟,不断的发现,从而写出更多更好的作品来。

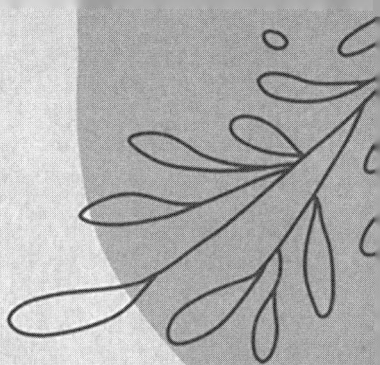

网络小说

终将散去的华美盛筵

　　《成都，今夜请把我遗忘》是慕容雪村的代表作，小说弥漫着颓废、忧伤、质疑的灰色情调。在那个没有月光的平安夜，上帝赐福、众生喧嚣的时刻，陈重倒在了成都某条黑暗、潮湿又寒冷的小巷里，一场华美的盛筵就此散去。濒临死亡的陈重似乎看到了金光灿灿的上帝在为众生赐福，而他自己已被置之度外。作为一个个体的生命，如尘世中的一颗尘埃，陈重所上演的故事及其悲惨的死亡注定会被遗忘。然而，正是透过陈重最后的回眸，表达出了慕容雪村内心的悲悯意识与人生关怀。

　　《成都，今夜请把我遗忘》在网络小说中具有里程碑式的意义，就在于告别了痞子蔡《第一次亲密接触》《雨衣》等这类言情读本的初期网络文学时代。自慕容雪村开始，网络写手们开始真正自觉地关注当下时代的人生与社会现实，其叙事艺术也日益成熟。

　　慕容雪村借成都这样一个都市的舞台，让陈重、赵悦演绎他们的人生故事，他试图以文字来剖析一个都市、人与都市的现实关系，以及人在都市重围之下的生存境遇，精神游历。从中我们看到，都市的表面尽管繁华绚丽、光怪陆离，然而都市的每一个角落都面目可疑，都市人每一张脸的表情都捉摸不透。

小说中的陈重作为这个都市的白领阶层，一家公司销售部的经理，在物欲横流、尔虞我诈的城市中，曾经拥有过的美好的梦想、甜蜜的爱情、真挚的友情……只是虚幻的华美盛筵，不可挽回地渐行渐远，直至消失。我们看到，陈重放弃了生活的原则，放弃了道德的自律，一再放纵自己的欲望，玩世不恭地生活着。而他所面对的现实也是轮番上演着背叛与放纵的悲剧：在追逐金钱与权力中，陈重与上司、同事之间勾心斗角，欲置对方身败名裂，结果反遭算计；他爱妻子赵悦，却不懂珍惜，而让他真正心痛的是赵悦居然欺骗他、背叛他，终至离婚散伙；陈重虽然拥有很多朋友，又毫不在乎地糟蹋友情。每个人似乎把这一切都操练得得心应手，自鸣得意。然而，玩弄人生者必将为之付出沉重的代价。

关于《成都，今夜请把我遗忘》的创作，慕容雪村如是说："这个小说的主旨就是'怀疑'，怀疑爱情、怀疑友情、怀疑人本身。我说过：怀疑是比忠诚更接近上帝的品格。"我想，这种怀疑来自人在都市重压下的孤独与不安。正如纪伯伦所说：

　　　我的兄弟呀，你的精神生活被孤独和寥寂所包围，假如没有这孤独，你就不会是你，我也不会是我；假如没有这寥寂，我即使听到你的声音，也会以为是我在说话；即使看到你的面孔，也会以为是我在揽镜自照。

慕容雪村冷静而又激愤地彻底剥去都市的光亮外衣，无情揭开人道貌岸然的外表，把生活原生态地呈现出来。陈重的死亡报应、赵悦的虚伪情感、李良的无可奈何、王大头的腐败堕落……爱情、友情、理想、道德，甚至连生命都脆弱得不堪一击，这种场景令人窒息。陈重的警醒来得太迟了，生命的代价毕竟过于残酷。也许这并不具有典型性，也不代表一代人的都市生活状态，但这是陈重这一类青年人生活现实的反映，足以引起读者对他们的反思、悲悯与关怀。

《成都，今夜请把我遗忘》对网络文学的影响之深是不言而喻的。文本采用的现实、追忆、插叙交错的叙述策略，幽默灰色的叙事语境，繁华迷离的都市场景，以及颓废不安的人物、故事、主题，给了网络写手巨大的刺激与参照。甚至就连小说的题目也在网络上刮起了旋风，以都市生活为背景，如以深圳、重庆、广州、北京、天津、上海等城市命题的长篇小说纷纷涌了出来，令人眼花缭乱。这样的跟风克隆，是众多网络写手期望借此复制慕容雪村的辉煌之路。可惜，成功的极少。

花样年华：成长的代价

《SARS·少年·高跟鞋》是一部青春小说。作者老 e 目前虽然客居西湖之畔，但不是一个熟悉的名字，然而，他在这部小说中，所描述的从少年到青春的萌动与觉醒那样一种过程，事实上是我们每一个人都经历过的青葱岁月。生活经验的重叠，使我的阅读沉浸在回忆之中，并且百感交集。

SARS 作为一种背景，显然具有一种象征意义。SARS 对人类突如其来的袭击，使得毫不设防的人类惊惶失措。SARS 使人类清晰地感到了"死亡"的触手可摸，像个孩子般孤独无助。而少年时代及至青春岁月，同样是不设防的，但是却充满了"成长的焦虑"（杜拉斯语）。而这种"焦虑"，由于幼稚的心态、不成熟的人生经验，在人面对光怪陆离的现实时，往往无力把握，既伤害着他人也伤害着自己。在这个特定时期的特定意识中，仿佛这世界遍布"死亡"的陷阱，同时充满了诱惑，其实那种"死亡"正如非典型肺炎一样，是一种"非典型死亡"。

　　从小说中的撒宝所经历的一切，我们可以透视青春真实的一面。那是怎样一个混乱、迷茫的时期？面临着升学的巨大压力，每天都不堪重负，紧张得喘不过气来。未来是如此遥远而不可捉摸，所以我们只能在梦幻的缝隙间，憧憬并恐惧着——人生就这样成长起来、青春就这样觉醒起来。稚气未脱却极端向往着成人的世界，开始去体验生活的缤纷和试着去感受爱的真谛，偷偷地学会恋爱、偷偷地学会接吻……成人世界里的一切，总是惹得我们意乱神迷，问题是成人们总是对我们的身体与学习极其关怀，无微不至，而对我们内心的、情感的成长却视而不见，甚至千方百计地抑制住我们心灵的成长。

　　没有诗意却充满了遐想，没有欢乐却充满了野性。青春是激情澎湃的洪流，一意孤行的叛逆，使我们的恐惧不再恐惧，使我们的失意不再失意。哪怕月光之下的青春"清凉而忧伤"；哪怕快乐总是短暂的，痛苦是永恒的；哪怕平静之中往往包含着巨大的意外——比如死亡，也无所畏惧了。小说中每一章节一再出现的"意外死亡"，或许是在警喻青春少年要把握好自己的情感行为与生活方向，但是我更愿意视作是青春对"死亡"强烈而又轻蔑的嘲笑。

　　美国作家塞林格在《麦田里的守望者》中所描写的霍尔顿是"垮掉的一代"的代表，张口"他妈的"，闭口"混账"，抽烟、酗酒、逃学……在这种表象的背后，我们可以感受到青春的迷茫、叛逆与痛苦。我想，那是青春成长必然要付出的代价。

　　　　我一颗摩天大楼顶上弹跳着的脑袋

紧张地思考着怎么样把自己

把自己啊彻底毁灭

就这样，我支离破碎地活着……

　　从这首 e 托邦乐队的《他支离破碎地活着》的歌中，我看到了青春在不断的毁灭中成长着。当我读完这部小说时，忽然感觉到已逝的青春岁月其实真的是痛苦而又沧桑。

告别青春的沧桑记忆

曾经的少年犯、网络超人气作家、"80后"概念的提出者……正是这些关涉恭小兵的惊人称谓，使我有意识地去关注他的作品。由大众文艺出版社出版的长篇小说《无处可逃》，可以说是恭小兵的重要作品。透过这部小说，我似乎看到了恭小兵自身迷茫、激愤、动荡、沧桑的青春历程。现年二十三岁的恭小兵五岁读小学，十六岁进监狱，二十岁触网，二十二岁出版单行本《我曾深深爱过谁》和《云端以上，水面以下》，然后是《无处可逃》。这些简短的信息符号组成了恭小兵令人感叹的青春时代，然而，他在天涯社区"生于八十"的版面介绍中写下了这样一句简单而又意蕴深长的话：年轻的，就是对的，就是骄傲的。我不知道这是不是恭小兵守得云开见月明后的一声喟叹，还是他青葱岁月柳暗花明的瞬间顿悟。

在恭小兵的笔下，那些纷至沓来的人生碎片，如同一地破碎的玻璃片，闪烁着透明的光亮，而你的双脚必须别无选择地踩过去，让锋利的碎片划破稚嫩的肌肤，殷红的鲜血开始蔓延开来，仿如一朵朵艳丽的恶之花。由于少年犯这样一段特殊的人生经历，与狱外的社会充满了距离与隔膜，导致一种无以填补的空白。所以他们在重获自由后，更是无所适从、无处安生。恭小兵如是说：

> 陷于对往事的回忆，或称为编织，我像只昆虫，
> 躲过公众的眼光，隐秘地爬行。

这种心态是对生活的逃避，更是对现实的惶恐，我相信这是恭小兵曾经的切身体验。

纵然如此，恭小兵们在无处可逃中，必须正视人生的现实。负罪前行，是自我救赎的漫长过程。每个人都必须对自己的"自由意志"负责。无论是《创世纪》中"罚罪酬善"的正义原则，还是现代社会的法律条文，都是规范着人在这个世界中的行为。文明程度越高，法制越是健全。平等、权利、尊严、责任……对每一个个体生命来说，具有同样的意义。无法驱除心中的魔鬼，便会沦落万劫不复的地狱；如果让阳光洒满心怀，我们便能进一步地去接近完美的神。恭小兵自从出狱后，读了大量的闲书，写下了一百多万文字，也许正是因为文学的梦想，因为不断地写作，借助网络媒体的传播，恭小兵的人生重塑成为一种可能，这部《无处可逃》应该是他对噩梦与罪恶的告别书。

恭小兵的叙述建立在纯体验的原生状态中，忧伤而又隐忍，痛苦而又幽默，青春飞扬而又泥沙俱下，具有原始的生命力，强

大的冲击力。然而，这样的叙述因为缺乏精细的打磨而损害了小说的艺术魅力。同时，我觉得恭小兵的小说创作确实应该告别残酷青春的挽歌了，应该把视点投向更为广阔的时代社会，人生现实。我读过恭小兵的一些随笔，感觉他对人生、对苦难、对文学等有着自己的看法，而不是随波逐流，自我陶醉。

解构与重塑：走出神话传说的夸父

在少年时代开始的文学阅读中，我对中国神话故事情有独钟。尤其是对"女娲补天""夸父逐日"等神话传说充满了敬慕与神往。女娲是神女豪杰，在"共工与颛顼争为帝，怒而触不周之山，天柱折，地维绝"这样一个危急时刻，已是"末年也"的女娲，为了拯救天下苍生，炼五色石以补天，挽狂澜于既倒。而夸父亦是我心目中的真正英雄，在远古的大荒之中，神勇无比的夸父与日逐走，渴死方休。这是何等壮丽、何等悲怆的神话传说！在《山海经》中，关于"夸父逐日"，有这样两则记载：

> 大荒之中，有山名成都载天。有人珥两黄蛇，把两黄蛇，名曰夸父。后土生信，信生夸父。夸父不量力，欲追日景，逮之于禺谷。将饮河而不足也，将走大泽，未至，死于此。
>
> ——《山海经·大荒北经》

夸父与日逐走，入日。渴欲得饮，饮于河、渭，
河、渭不足，北饮大泽。未至，道渴而死，弃其杖，
化为邓林。

——《山海经·海外北经》

"夸父逐日"的这两则记载，深究起来颇有意味。其一的记载略带嘲讽之意，谓夸父是"不量力"；而第二则记载的文字，显然是赞美的，夸父纵然逐日渴死，其杖亦化为一片桃林，惠及后人。这诗意的神来之笔，使夸父的精神在五彩云霞一般的桃林中得到了延续与升华。这个失败了的"英雄"，一方面反映了远古时代人类对神秘大自然的畏惧、探索、征服之心，另一方面表达了人类的理想幻灭和自我质疑。"夸父诞宏志，乃与日竞走"，无论是贬还是褒，夸父逐日永远是一个激荡人心的神话传说。明知不可为而为之，这与吴刚日日夜夜在月宫斫桂、西西弗斯周而复始地推着巨石上山一样具有慷慨激昂、震古烁今的悲剧力量。所不同的是，吴刚、西西弗斯的命运是接受惩罚，是被迫的行为，而夸父逐日是一种绝对自我的追求，强烈地呈示了人类欲与日月齐辉的愿望。因而，夸父逐日的意义与吴刚斫桂、西西弗斯推石是截然不同的。

林归鸟的长篇小说《夸父逐日》取材于这个中国神话故事，并对此进行了文学意义上的解构与重塑。作家独辟蹊径，艺术地重构了"夸父逐日"的故事。在茫茫大荒之中，夸父为金乌（太阳）所贬，从一个传说中的超人英雄归于一介凡夫。我注意到林

归鸟对于长篇小说《夸父逐日》所论及的创作动机，是旨在对古典夸父精神的逆反与颠覆，使其摆脱传统的古典英雄的宿命悲剧。这是一种饶有趣味的文学实验。

林归鸟把夸父作为一个人置于远古时代的背景下，重现、考察其生存与命运的价值，暗合了"解构主义"的哲学观点。法国哲学大师、"解构主义"之父雅克·德里达的"解构论"试图颠覆西方传统形而上学的思想与现存的等级秩序，对于文学、哲学、政治等人类所涉领域具有意味深长的"精神裂变"。德里达的学说给我们提供了解读人类世界的多种可能性。他认为"写作和阅读中的偏差永远存在"，他所强调的"找出文本中自身逻辑矛盾或自我拆解因素，从而摧毁文本在人们心目中的传统建构"理论，对文学创作产生了重大的影响。作家林归鸟对"夸父逐日"进行的反思与解构，以文学实践印证了德里达的学说：在这个宇宙里，只有文本一样的现象，没有超验的真理，差异无时无刻不在发挥作用，事物无时无刻不在发生变化，但这种变化是没有固定中心、没有固定的结构的，原有的结构不断被打破，但没有什么东西能真正被消灭，它们都以被擦抹之后的痕迹状态继续遗留。

长篇小说《夸父逐日》使夸父走出了神话，走向了人间。对于夸父这样一个"英雄"，林归鸟重新给予了定义——夸父不再是冥神，而是一个具有了七情六欲的凡人。逐日只是夸父心中永存的理想，他所面对的、所要解决的是自己作为一个凡人的生存困境——内心的黑暗、现实的凶险、人类的争斗等。夸父辗转于神农部落、燧人部落、伏羲部落、轩辕部落之间，混沌而天真，不拘礼节，蔑视权威，同时却又知恩图报，良知尽显。夸父敢于挑战恶劣的自然环境、人类纷争、凶神猛兽，其快意恩仇、爱恨交加，充分地凸显了他作为一个人不屈自由的高贵人性。夸父禺谷取铁，搏击巨鼋，战半人兽……无不令人惊心动魄，浩气长存。"从前夸父在地府中，空虚无聊，饱食终日，心扉闭塞，畏黑怕暗，而到凡界后，他逐日、取铁、搏鼋，连连陷入死地，但每次劫后余生，他便觉心中敞亮了些，尤其他一回忆与巨鼋相搏，心头即有种光明自豪之感——夸父突然有种渴望，想多做些惊天动地的大事之渴望，等功成之后，他要立于大荒，宣告金乌："己非怯懦软弱之人！"战胜自我，勇猛精进，是人生的要义。所以，我们欣喜地看到在神话传说中死亡的夸父，在林归鸟小说中得到了重生，并且在人间历经磨难之后依然是一个令人敬仰的英雄。刑天舞干戚，猛志固常在。只有具有这样一种精神，人类才能真正完善自我，追求光明。借助于夸父这样一个小说形象，林归鸟召唤着那种充满阳刚之气的人文精神回归现实。

在林归鸟的笔下，月歌这个虚构人物的出现，不仅仅是"英雄美人"的模式。她美若仙女，能歌善舞，对于人生、情爱、现实等有着自己独立的见解，其重要意义对于夸父而言，是夸父从神界复归人间、得以新生的媒介与引导。夸父对月歌的挚爱与眷恋，昭示着他人性的复苏。小说尾声出现的"果树瑞气氤氲，祥光四射，引得无数鸟儿来落到树上跳跃欢叫；寒凉果实将山坡镇得清爽怡人，原先酷热之气，已然消弭"，预示着夸父与月歌归隐桃林的生活现实。逍遥山水，林下风流，是文人的理想之境，而给予夸父与月歌这样诗情画意的生活，是他们劫后重生的必然归宿。这才是夸父作为人而不是神真正生活的开始。夸父与月歌之间的故事，不仅升华了小说的思想蕴含，更增强了我们的阅读情趣。情趣对于文学作品来说，是不可或缺的重要元素。

从这部长篇小说中，我们可体察到作家对人的生存哲学的思索。有情有爱、平静而快乐地生活着，是人类所共同向往的人生追求。在庄子哲学中，他所倡导的是自我、平和、乐观的人生态度；而萨特的"存在主义"哲学本质上就是人文主义，注重个性的存在，注重自我的人生。作家林归鸟通过重塑夸父这一古典英雄形象，正是强调了人类存在的自由、安详与快乐，这是对人类普遍人性的抚慰和关怀。

作为一个青年作家，林归鸟所具有的敏锐的艺术感及其艺术想象力，源于他对中华文明的无比挚爱和深厚的史学根底。夸父、神农、燧人、伏羲、轩辕……都是中华文明独有的"符号"。林归鸟采用了一种充满诗意的激情、浓墨重彩的叙事形式来回顾、审视我们的民族文化、民族历史，同时对人性、人的存在理性地予以了哲学的思考与开采。对历史背景的宏观把握和人物形象的精细刻画，使作家进入了一个自由、多元的创作时空。强劲的想象产生了事实，而这样的事实基于我们民族的历史，真实可信又令人亲近。他那如电影镜头一般化入化出的文字，强烈地冲击着我们的视觉，远古洪荒的时代，传说中的人与神，波澜壮阔的历史事件和战争场景等得到了清晰的展现，历历在目而又触手可及。

面朝尘世，心向大海

在老那的长篇小说《面朝大海》的结尾处，我读到了海子那首著名的诗歌《面朝大海，春暖花开》。在这一瞬间，我突然百感交集。在夜色阑珊的黄昏，我看到海子孤独而又决绝地走向山海关。那是一九八九年三月二十六日的黄昏。他在写下这首诗歌两个月之后的这一天，春天已经来临，万物正欣喜地期待着复苏。但是海子的灵魂深处依然处在凌厉的寒冷之中，甚至比山海关的铁轨更冰凉。天地一片苍茫，初春的晚风乍暖还凉。那飞驶而来的车轮是炽热的，冒着点点星火。卧轨的海子渴望着与车轮刹那间的热烈拥抱，让血肉飞溅成最后一行火红的诗句，以期寻找最后的温暖。

诗人海子与《面朝大海》中的江摄是没有任何可比性的。他们的生活方式、思想形态、人生境界等各不相同。然而，因为海子的这首诗歌，我无法再抹去海子在我眼前不断闪耀的形象，他与小说中的江摄交相叠现，挥之不去。从海子到江摄，一个是现实中的诗人，一个是小说中的人物形象，让我看到了不同的人生状态。可是为什么老那会以海子的诗歌作为小说的题目和终结词？我以为海子这首诗歌与小说所要表达的题旨是大相径庭的，而小说中江摄的思想与诗人海子的精神也是背道而驰的。

小说中的江摄，一个毕业于北大、工作在海关的青年，是尘世中一个普通的人物。他与芸芸众生一样，沉迷在人间烟火中。在错综复杂的人际关系中，他似乎漫不经心又不失圆滑地穿梭行走着，而他与一个又一个女人的情感纠葛又处理得滴水不漏，恰到好处。石留、周依琳、洪玫、周怡、马羚……这些女子，既给江摄带来爱情的欢愉、又对他的工作（仕途）给予了最大的帮衬。所以，无论是在海关的学校，还是海关的机关，江摄以一个北大高才生的智商生活得游刃有余、有滋有味。在这幅原生状态的生活场景中，我们看到的是江摄人生理想的缺失，生活的庸常，欲望的舞蹈。

而海子不同。海子也是一个北大才子，作为一个天才的诗人，他短暂的一生是生活在诗歌的理想之中的。在诗歌的王国里，海子成了一个不食人间烟火的圣徒。他虽然贫穷，却不追逐金钱；他虽然孤独，却不羡人间繁华；他虽然渴望爱情，却一次又一次与他心爱的女孩擦肩而过——这一切都是因为诗歌！他只对诗歌保持了永远的爱恋与激情，他那颗纯真之心只为诗歌而跳动。"当众人齐集河畔／高声歌唱生活／我定会孤独返回／空无一人的山峦。"在这句诗中，我们可以看到海子的内心世界是如何的高洁与骄傲！他的思想，始终超越于尘世的物质与喧嚣。

海子以诗人的敏锐，深深感觉到尘世的幸福只是一道"闪

电"。在《面朝大海，春暖花开》这首诗中，海子似乎有了某种
回归现实的迹象，憧憬着尘世的幸福。然而，诗人海子是一个绝
不轻易向现实妥协、循入尘世而放弃伟大理想的"诗歌英雄"。
在这首诗歌的最后一句，海子如是说：

 我只愿面朝大海，春暖花开。

"只愿"两个字，就把万丈红尘抛在了身后。

而小说《面朝大海》中的江摄，在小说的结尾处，已是一个
平步青云、得心应手的海关官僚，并且与手眼通天、家财万贯的
马羚完婚了。他已在尘世获得了常人羡慕的幸福。他突然想起的
海子这首诗，与他个人的人生态度以及整部小说所要表达的意向
是格格不入的。江摄是一个面朝尘世的俗人，最多他只是"心向
大海"而已，他无法像"面朝大海"的海子一样超尘脱俗。

与小说中的江摄截然不同的是，当海子把所有的祝福献给尘
世人后，便把自己年仅二十五岁的、孤独而又丰盈的生命终止
在了山海关的铁轨上。这是一个疯狂的天才，而不是一个疯子。
他对自己生与死的选择十分清醒。正如吴晓东在《20世纪中国文
学名作诗歌篇》所说的："选择尘世的幸福则可能意味着放弃伟
大的诗歌理想；弃绝尘世的幸福生活则可能导致弃绝生命本身。"
海子所要获取的，是一种追求理想的最高境界。他勇敢而果决地
抛弃了尘世的肉身，让诗歌的精灵在尘世之上不断地飞翔。

江摄使我们感到尘世生活的博大与温暖；而海子则使我们领
略了精神世界的瑰丽与高蹈。

何处逍遥游？

李师江的小说新作题为《逍遥游》，具有反讽、自嘲的意味。一个文化北漂族，既得不到物质生活的充分保证，又无法获得精神上的真正自由，其人生处境无疑是沉重、艰辛而又茫然的。所谓"逍遥"，只是黑夜里的自慰，失意中的苦笑，乌托邦式的梦想。

起源于道教的"逍遥"，是中国式的虚无主义。在道教中，道不是空无所有，道为"天地之始""万物之母"。而"逍遥"之说有了这样的理论支撑，使得其精神层面十分丰富，有象、有物、有精、有信。同时，逍遥于山水之间，既非庙堂之高忧其民，又非江湖之远忧其君，在闲云野鹤、无为而为的状态中，自由自在无忧无虑，文人的自我价值得到了肯定与实现。这样一种精神境地暗合了某些文人的思想倾向。因为大多数的文人起初往往是一个坚定的理想主义者，怀有"修身齐家治国平天下"的宏大抱负，惜乎庙堂之高，容不下浪漫、天真的文人，而江湖之险恶，那只是侠者的天堂。无所适从的文人，"仕"是出路，"隐"是退路，最终只能寄情山水，隐逸逍遥。文人与现实妥协的精神之源正是来自儒道的生存智慧，在困境之中能够坦然超脱，于"幽深清远的林下风流"中获得精神的自由与快乐。

《逍遥游》中的"李师江"，他的"逍遥"不是在江湖，亦非山水间，而是"逍遥"在皇城根下的市井生活中。这是一部生活流的小说，在充满幽默、嘲讽、感性、忧伤、愤怒的叙述之下，生活的原生状态通过一个又一个细节呈现出来。"李师江"漂在北京的日子，是世俗的、底层的现实生活。租房、吃饭、工作、女人……这些关乎身体与欲望必需的生活符号，让一个北漂的文学青年既尴尬又狼狈。安身立命是如此艰难，梦幻中的庙堂早已渺茫，雄心勃勃的理想只能封存心底。从"李师江"到"李有钱"这个名字的演变，我们看到了这个小说主角的人生窘态、生活处境。人与现实的关系，金钱的链接无疑是不可或缺的重要一环。吃穿住行缺少了金钱，一样也玩不转，甚至会被尘世淘汰出局。文人的清高，在残酷的生存法则面前便显得苍白无力，百无一用是书生。所以，小说中"李师江"的灵魂与他的身体一样在红尘中疲于奔命。他无意温习友情，无意操练爱情。他遇到了在京做书商的老乡吴茂盛，没有他乡遇故知的喜悦，反而是无端的厌恶，却又纠缠在一起。

"李师江"在苟城寻找小莫的遭遇，十分精彩，耐人寻味。苟城是个梦魇般的险恶江湖，"李师江"虽然对苟城美女朵朵没有非分之想，却险遭杀身之祸。在黑帮老大陈叔的马仔手握匕首要割去"李师江"的命根时，求生的欲望使他飞一般逃离了苟城。"它拉着我，身体的无穷的力量，全被逼出来了，所以我跑起来一点不费劲，简直要像鸟一样飞了。那些追我的马仔很快被我拉下，靠，他们跑起来多么拙笨，简直像企鹅。我相信，即使没有火车，我也能这样跑到北京，跑到安全的天安门。"像鸟儿一样飞，那是人物的一种幻想，是作者的魔幻叙述手法。灵魂在高空中飞翔，肉身在大地上沉沦。

庭堂之高，江湖之远，皆非文人安身归依之处。而在尘世中的"逍遥"，唯有苦涩与无奈、沉重与愤怒交织在一起。

在阅读过程中，我觉得李师江努力追求现场表达的叙事快感，在幽默与颓废中再现生活的本来面目及其人性的沉浮。从《比爱情更假》到《逍遥游》，李师江的叙述能力更显纯熟自如，使我们从中看到了一个诗人到小说家的成功转型。然而，李师江小说中那种一地鸡毛般的生活状态，随波逐流的精神向度，是否有益于真正文学意义的审美，是否有助于文学价值的拓展，我表示怀疑。台湾《联合报》对李师江的小说如是评论道：

拒绝浮华的语言、拒绝修饰，让人性更显赤裸，也更深刻。

这样的评语应该是适合于李师江的文字。但我以为，小说叙事语言的精心修饰与提炼，事实上有助于提升小说的文学质地，同时，形而下的真实与赤裸并不是文学走向深刻的唯一路径。

寻找人生的出路

　　以长篇小说《紫灯区》引起广泛关注的海南女作家夏岚馨最新推出的《广州，我把爱抛弃》（中国青年出版社出版），是一部发人深思的作品。作者聚焦于女大学生陈锁锁在广州这样一个都市丛林中的生存状态，真实客观地描述了青年女性的生存困境。这使我想起村上春树《挪威的森林》这部带有自传性质的小说，在凄美的爱情故事下，诉说的是年轻人的情感出路与灵魂危机，全书弥漫着"静谧、忧伤，而又令人莫名地沉醉"这样的气息，压抑而又苦闷。那些年轻人在现实中往往找不到出路，无不痛苦地挣扎，不安地彷徨，甚至精神崩溃。也许只有在非现实的世界里，那颗漂泊动荡的心才会得到安抚与宁静。小说中的阿美寮让人恍若置身于世外桃源，然而这是一处"精神病人聚集地"。月夜中的直子也是沉湎于非现实的世界。村上春树在《挪威的森林》试图给尘世中人指出一条出路，但是他只能面对残酷的现实："我看着玲子的眼睛。她哭了，我情不自禁地吻她。周围的人无不眼睁睁地看着我们。但我已不再顾忌。我们是在活着，我们必须考虑的事只能是如何活下去。"

女大学生陈锁锁同样也面临着这样的人生现实。大学毕业后的陈锁锁，在父亲去世、与男朋友张合锐感情挫折之际，结伴同学周晓琳一起南下广州，希望能找到自己的立足之地。然而，繁华绚丽的都市充满了冷漠与残酷，使这些青春女孩既不能安居也无法乐业。唯有风月场所永远披着温情脉脉的面纱，诱惑着那些涉世尚浅的女孩子踏入风尘，以身体满足男人的欲望，获取赖以生存的金钱。而陈锁锁以固守的尊严守护自己，抗拒尘世的侵蚀。但是，生活不是童话，都市亦不是人间天堂。陈锁锁面临的是现实的困境与精神的迷惑，而难以找到生活的出路。

当如何活下去成为人的首要问题时，是向生活妥协还是向现实挑战？陈锁锁选择了后者，然而她四处碰壁，无所适从。她希望找到足以安身立命的工作，可是她遇上的老板不是色狼，便是骗子。她渴望拥有完美的爱情，然而张合锐不懂得珍惜感情，而董骅只是在利用她、算计她。因为无端的猜忌，好友周晓琳与她反目成仇。曾与陈锁锁借住一室的阿美尽管是个热心的女孩子，却是一个自甘堕落的风月女子。而对洁身自好的陈锁锁情有独钟的港商邱友南，已是年龄超过父辈的老年富豪，无法成为陈锁锁爱情停泊的港湾——这就是陈锁锁的困境。她狼奔豕突，犹如困兽一般挣扎着，痛苦而又无奈。

作者夏岚馨把陈锁锁的生存状态与思想形式真实地置于读者的眼前，让我们一起审视、思索小说所要表达的人生、社会问题。鲁迅早就说过，人"一要生存，二要温饱，三要发展"。所谓"发展",是指人的精神层面,自我实现的前提是生存与温饱。人本主义心理学认为,人是一个连续性的等级层次的需要系统。在这个系统中,处于底层的是人的基本需要,如衣食住行。而越往上层,越是具有人性和个性特征的高级需要,如爱情、理想、尊严、高贵、完美等,人生的终极目标就是实现这种高级需要。《广州,我把爱抛弃》中的陈锁锁身无分文,生活窘迫,但她始终追求着精神的高洁与华丽。然而,在生存的困境之下,实现精神的追求无疑是不现实的,皮之不存,毛将焉附?

小说中的陈锁锁遇到邱友南,看似有些离奇,但故事的刻意安排,其实折射了生活的现实。本以为又是一出司空见惯的美女与富豪情爱戏,作者却不落窠臼,颇具匠心地演绎了一个俗套中见新意的故事。因为邱友南对陈锁锁出手相助,不是建立在情欲的基础上,而是希望自己的帮助能够使陈锁锁避免在红尘中堕落。而以陈锁锁的个性,亦不甘心做一只笼中的金丝雀,她的情感皈依是董骅的怀抱。她与邱友南之间几乎只是一场柏拉图式的游戏。这使得小说出现了某种温情与亮色。而曾是邱友南特别助理的董骅实际上是陈锁锁情感世界中的一个恶魔,当邱友南遭到追杀,陈锁锁为他挡了一刀之后,心灰意冷的邱友南离开广州返回香港时,出于感激之情他赠送给陈锁锁五十万元巨款,竟被工于心计的董骅全部吞噬。在极度的绝望感和愤怒情绪支配下,陈锁锁将一把水果刀刺进了董骅的胸膛。

从中我们可以看到,陈锁锁内心的疼痛与无望既囿于现实生活的无路可走,更受制于情感世界的沧桑剧变。人生理想的幻灭,真爱惨遭蹂躏,把她逼上了自我毁灭之路。寻找人生的出路，除了个人的内在因素，还涉及整个社会的问题，如法制建设、就业环境、人文素质、道德水平等。夏岚馨通过陈锁锁这样一个人物，表达了一个作家对草根阶层青春女性生存状态的热切关注与人文关怀。

文学与现实的突围

"这是一个多读得无时间欣赏的时代，也是一个多写得无时间思想的时代。"对于阅读或者写作，我常常想起的便是英国作家王尔德写于十九世纪的这两句话。隔了一个世纪之后的今天，快餐式的写作、快餐式的阅读还是我们必须面对的现实。然而，青年作家一人的小说，是值得读者满怀期待地阅读的。连续两个晚上，我打开他的长篇新作《网人》，细细体会着他的忧伤与快乐，压抑与自由，沉重与轻松。从《时代三部曲》《浮世绘》到这部《网人》，一人对小说艺术的执着追求清晰可见。在这部《网人》中，一人明显地寄寓了自己的思想，同时对小说的艺术表现手法进行了积极的尝试。

传统小说基本上是以线性的时间为序，以故事表现为手法，让读者对现实的物质世界重新认识与定义。而起源于西方的意识流小说，则以立体的时空观自由叙事，使读者在阅读中得到文学的发现和审美。美国心理学家威廉·詹姆斯最早提出了意识流的概念，其中有一个论点尤其应该引起我们注意和思考，他说："人的过去的意识会浮现出来与现在的意识交织在一起，这就会重新组织人的时间感，形成一种在主观感觉中具有直接现实性的时间感。"而《网人》正是一部轻情节、重意识的探索之作。其主人公是一个从小县城来到大城市的年轻人。在青春的世界里，激情、奔放、迷茫、消极……总是相互碰撞，此消彼长。这个年轻人在疲于奔命的现实中，尊严遭受蹂躏，灵魂放逐沉沦。他渴望回家，未能光宗耀祖的他却无颜面对家中年迈的父母。于是他选择了网络，不停地敲打键盘，试图以文字重塑理想的现实。他成了"网人"，他开始向整个世界坦白着自己的愚蠢与无知，浅薄与狂妄、眼泪与绝望、欢笑与喜悦，坦白一切。

乡村与城市。理想与现实。男人与女人。推动小说叙述向前发展的已不是故事情节，而是人物的心理意识，记忆不断重叠，时空相互交织。小说中的人物，是你、我，或者她、他。而这就是现实的尘世中人。时而明快、时而凝滞的呓语、独白、感觉、怀想，又是外部客观世界的折射与投映。从一个点出发，经过二十多万字的长途跋涉，穿过一个个主题及故事，最后回至原点。其叙事正好印证了英国小说家 D. H. 劳伦斯的见解：

> 我们必须放弃自始至终向前——向前——向前的方式，必须使思想循环运动或不断掠过一连串的意象。把时间看作沿一条直线发展的观点，无情地伤害了我们的意识。

把小说置于意识流的一种诉求，广泛运用意识流和内心独白的方法，关注内心、自我与精神，以时空交错、打破逻辑关联、电影蒙太奇的表现手法等，使意识流小说取得了巨大的创作成就。如马塞尔·普鲁斯特的《追忆似水年华》、詹姆斯·乔伊斯《尤利西斯》、弗吉尼亚·伍尔芙《达罗卫夫人》《到灯塔去》等作品成为意识流小说的典范。新时期以来的中国小说家如王蒙等也在小说创作实践中做了有益的探索。然而，在这样一个快餐文化的时代，大多数的小说家迎合的是商业利益，著书只为稻粱谋，因而意识流小说的创作基本上是浅尝辄止，停滞不前，没能获得更大的突破。所以，对于一人在小说艺术上的努力，我们不应仅仅看作是他个人创作的突围。

一人在这部小说中认为网络能使人还原为"个体人"，获得在现实中无法得到的自由与尊严，但这一点姑且存疑。但是，艺术创作确实是人类得以新生的途径，与宗教信仰一样具有不容置疑的疗效。人类的精神出路是一个永恒的命题，需要人类不断地探索。

民族历史的永恒记忆

秋日的一个午后，已是"芦花放，稻谷香，岸柳成行"的季节了，我在阳澄湖畔的沙家浜"春来茶馆"品茗小憩。芦苇、杨柳、碧水、秋阳、凉风……好一派风光旖旎的水乡田园。空中飘扬的京剧《沙家浜》，把我的思绪拉到了抗日战争时期，地下工作者阿庆嫂在这春来茶馆，"垒起七星灶，铜壶煮三江；摆开八仙桌，招待十六方"，与刁德一、胡传魁等日伪汉奸斗智斗勇，保护了在沙家浜养伤的郭建光等十八个新四军伤病员。其时，我已读完当代作家潮吧的长篇小说《老少爷们儿拿起枪》，朱七、卫澄海、熊定山等人物形象在我脑海中久久盘旋，这些草莽英雄在山东崂山抗日杀敌，谱写了一曲中华民族的悲壮史歌。无论是江南水乡，还是山东半岛，炎黄子孙无不同仇敌忾，以鲜血和生命抵御外侮，反抗侵略——这是我们民族历史的永恒记忆。

忘记历史，意味着背叛。英国作家奥威尔在他的政治寓言小说《一九八四年》中，曾借人物之口说："谁掌握了历史，谁就掌握了现在。"善忘或遗忘历史，从来不是一个民族的美德。抗日战争，是永远不能忘却的历史。以史为鉴，方可更好地开创未来。

俄国文学评论家别林斯基认为，文学"必须跟民族的历史紧密地联系在一起，能够作为历史的说明"。长篇小说《老少爷们儿拿起枪》正是以文字铭刻了我们的历史记忆。当年，日寇侵略者的铁蹄践踏之处，炮火毁灭了美丽的家园，枪弹掠夺了亲人的生命，在家仇国恨面前、民族存亡之际，每一个中国人都面临着生死抉择。有的败类卖国求荣，沦为汉奸，但更多的人不甘凌辱，拿起了枪奋起反抗。作者潮吧以抗战时期活跃在山东崂山地区的一支抗日武装的壮举为蓝本，着重描述了一群草莽英雄满怀家仇国恨而杀敌抗日的故事。无论是黑道人物，还是土匪武装，在民族大义面前，扯起旗帜，拿起土枪，与日寇殊死拼杀。

在抗日战争题材的文艺作品中，我们看到的大多是国共两党的武装力量与日寇侵略者作战。而潮吧选择了一群"另类"人物作为小说的主角，是他的匠心独具之处，也是《老少爷们儿拿起枪》的文学价值所在。在民族生死存亡的危急时刻，只有全民族的集体觉醒，奋起抗敌，才是一个有希望的民族。

于是，我们看到朱七、卫澄海、熊定山等边缘人物，从混沌的现实中走上抗日的战场。这群血性、刚烈、勇猛的老少爷们儿，不是啸聚山林的梁山好汉，而是活在历史中的抗日英雄。他们没有华丽的政治纲领，只有朴素的行动准则，那就是把日寇侵略者赶出中国去。打家劫舍、杀人越货的黑社会、土匪组织，只有在抗日战争这样一个宏大的历史语境中，人性才会得到真正的蜕变，江湖义气才会升华为民族大义。

　　潮吧的叙述同样是朴素的。他以白描手法，再现充满传奇色彩的抗日故事，雕刻独具个性的英雄群像。虽时过境迁，亦触手可及。卫澄海、熊定山们壮烈牺牲于抗日战场，不仅体现了不屈不挠的民族精神，更唤醒了我们民族历史的集体记忆。

以小说的方式思索与拷问

岳辉是一个认真的网络写手。但是他的写作风格又与网络保持了一定的距离。网络文学一直以来的走向基本上是故作矫情的"风花雪月",不着边际的"调侃戏说",令人鄙视的"下半身写作"。纵观网络文学,人心浮躁,名利喧嚣。在这样的状态下,很难产生振聋发聩的时代力作。岳辉是在网络的文学论坛中成长起来的年轻写手,而他的第一篇短篇小说居然是《该死的塘》——一篇乡村小说,这样的题材以这样的题目发表在网络上,毫无疑问是备受冷落的。今天我重读这篇小说,却感到了一种震惊。岳辉在这篇小说中,所要表达的是一幕个人英雄主义与乡村愚昧的顽强抗争、到最后重新陷入愚昧的悲剧,是令人触目惊心的。这篇小说尽管在网络阅读中让人毫不在意地忽略而过,但这确实是一种值得我们所应关注的生活现实。

而岳辉就在这样的网络写作环境中,艰难地坚持着自己的写作立场,对发生在自己家乡的故人旧事,在回眸中予以思索,在诉说中发出拷问。

落后的乡村让我们看到了丑恶的一面，岳辉在《儿子、儿媳与狗》这篇小说中，拷问着乡村人物的灵魂，在脆弱的亲情面前，是人不如狗的现实。而小说中的这种丑恶现象，即使在二十一世纪的今天，依然广泛存在，难以根除，从文中我们可体察到岳辉强烈的愤怒之情。在他的小说《城里的灯》，我们看到了城市所代表的"文明"对乡村的诱惑，但是，五光十色的城市往往使擅自闯入的农民无所适从、惶恐不安。然而，即使城市与乡村充满了遥远的距离，即使文明与落后充满了强烈的冲突，作为乡村人物，依然渴望着与"圣地"——城市的亲近与融入。

我很喜欢《圣地》这篇小说，王小川带着美丽的娇妻米兰从皖北乡村来到大都市上海，希望以自己的辛勤劳动，改变贫困的生活处境。然而，城市不是梦想的天堂，也不是现实中的"圣地"。披着漂亮外衣的大都市，对于贫穷的乡村农民而言，显得更加肮脏而又丑恶。王小川与米兰站在城市的边缘进退两难、苟延残喘。在这篇文字中，岳辉由愤怒变成了无奈，他在从容不迫的叙述中带给我们的这种思考，无疑是沉重的，沉重得让人喘不过气来。

在岳辉的短篇小说中，还有一些反映乡村爱情的题材。如《狗日的青春》，这是一篇灰色的青春悲剧，颇为耐人寻味，给了我深刻的印象。小说中的"我"、国军与玲玲一起度过了青梅竹马的季节。随着身体的成长，朦胧的情爱也渐渐清晰起来，"我"和国军无不渴望得到玲玲的爱情。然而，中学毕业后的玲玲被她爸爸嫁给了镇长家的傻儿子。乡村的爱情残酷得让人痛苦窒息。

岳辉的小说，是温情而又伤感的，在淡淡的惆怅中，隐藏着深深的痛苦。他总是将一些在现实中无法控诉的悲剧在虚构的小说中表达出来，给予确认，以浇心中块垒。他不在意自己是个孤独的诉说者，他需要的只是诉说，并且在诉说中不断地拷问着人间的愚昧、肮脏、无耻等丑恶现实。

短篇小说是需要技巧的艺术文本，或者说是智慧的艺术。在短小的叙事空间里，必须具有宏大的艺术内蕴。因此，相对于中长篇小说的创作来说，短篇小说有着更为苛刻的要求。正如俄罗斯作家帕乌斯托夫斯基说：

> 任何一个短篇小说，如果不能抽出某一部分，不能把它挪到另外的地方，不能去掉一个角色，否则一切都将崩溃，那么这个短篇小说的结构就是正确的。

在这里，帕乌斯托夫斯基强调了短篇小说结构的重要性。同时，几乎所有的小说家都高度重视短篇小说的叙述手法与叙述语言。读罢岳辉的短篇小说，我觉得岳辉在叙事过程中，存在着缺乏节制而显得拖沓、多了铺陈而少了张力的遗憾，小说的语言怎样才能达到更加凝练与精确、文本结构的起承转合如何更加完美并出人意料等问题，都是需要岳辉在不断地阅读与写作中进一步提高敏锐的艺术触觉、提高小说创作的领悟能力来给予解决。假以时日，我相信年轻的岳辉会给我们带来新的惊喜。

短篇小说是空白的艺术、又是语言的艺术，一定要把握好叙述的语言、方向、节奏、速度等，进一步拓展短篇小说的蕴含、张力与深度，给读者留下审美与再创造的艺术空间。唯其如此，短篇小说才会产生丰盈而又隽永的艺术魅力。

如花朵璀璨，如珊瑚斑斓

入秋的黄昏，天空飘散着丝丝小雨。气候从酷暑的燥热中渐渐地冷静下来了，变得温和而又恬静。那从黄昏开始下的雨，轻盈如丝而绵绵不断，竟使我充满了优柔与伤感。这样的情景，正好符合我阅读匡匡的两篇小说《时有女子》与《永远的伊雪艳》时的那种情绪。

这两篇小说的故事都发生在异域东瀛，并且都在爱情这个框架里展开。"凤凰鸣矣，于彼高冈；梧桐生矣，于彼朝阳。"情为何物？爱又如何？《时有女子》中韦千寻遇上了杨存宇。"抬手扯一根发，将他小指挽住，打一只死结。再打一只。"以为从此可以系住一个人的心，寄托了魂魄，孰料情事与世事一样变幻莫测，你无法明了其中是如何的起承转合，也不会有让你预先准备的铺垫。韦海髮苦心孤诣导演了一场戏，原是为了与韦千寻重温旧梦，却打碎了韦千寻心目中那相濡以沫的爱情梦幻。"但那人，我知，我一直知，他永不会来。"这样的结句，是她对于爱情的忧伤与绝望。一颗悲凉的心，何处去取暖？不待牵手，人已苍老。

这样的忧伤与绝望，无论女子，还是男人，都是一样。仿佛命运的注定，任是谁也无法摆脱。读《永远的伊雪艳》，莫名地感到悲怆。伊雪艳却是个远不了、近不得的女子，或许你可以走近她的身边，却无法进入她的心灵。爱情是可遇而不可求的，这是人类的宿命。但是可遇而不可求的爱情一定是爱情吗？是一次逢场作戏还是一场浪漫之旅？在罗伯特·詹姆斯·沃勒的《廊桥遗梦》中，罗伯特·金凯与弗朗西丝卡偶然邂逅、相亲相爱了四天，果真等于一生的爱吗？我怀疑那只是一种幻觉。而在这时候，我听到了杨存宇的一声浩叹："我想，自伊雪艳之后，再也没有女人了。"

《时有女子》中，无论是韦千寻、韦海髡，还是杨存宇、伊雪艳，在经历了爱情的痛苦折磨之后，我们总是若有所失地看到他们决绝而去的背影。所谓爱情，带给他们的是永远的伤痛与绝望。这使我想起杜拉斯的《情人》与《乌发碧眼》，一个共同的主题就是对爱情的绝望、焦虑与忧伤。也许匡匡对爱情更是充满了怀疑，她在这两篇小说的结尾处，把主人公的情爱之门紧紧地封闭了，作为女子的韦千寻说："但那人，我知，我一直知，他永不会来。"而作为男人的杨存宇亦如是道："我想，自伊雪艳之后，再也没有女人了。"肝肠寸断，此情不再，自是人生长恨水长东。而杜拉斯不同，爱情即使绝望，也是一种梦幻中的慰藉。在《情人》的最后，那个中国情人给她打来电话：他对她说，和过去一样，他依然爱她，他不可能不爱她，他说他爱她将一直爱到她死。从小说文本的艺术效果来看，其实杜拉斯对爱情表达了一种更深的绝望与悲哀。

匡匡的叙述极其耐心，在舒缓的节奏中，我们身不由己地被卷入到那种刻骨铭心的伤痛之中，百感交集。而她的叙事语言又是非常古典且精致的。在这样的语境下，古典的情怀萦绕心头，挥之不去的是悠悠千古愁：爱情只存在于虚构之中，其绚丽之花开放在我们的梦幻世界里。

忽然想起今晚是八月十五。神州中秋，共赏一月。便起身，上阳台，却苍穹黑沉，星月不见。"明月几时有，把酒问青天。"青天亦无语。唯有清风袭人，雨点飞扬。其实那轮皓月就在我们的头顶，只不过在云层之上。而我们的眼睛却无法透过云层，仰视明月。我们只能"守得云开见月明"。如同爱情，她永远存在于我们的心灵深处，如花朵璀璨，如珊瑚斑斓。或许爱情带给人的只能是绝望与忧伤，但是我们无不渴望着接近并拥有爱情！纵然是飞蛾扑火，亦是义无反顾。

女性视角中的现实

二月花的小说《三条潜伏水底的鱼》被选发于二〇〇二年第二期《温州生活》这样一本时尚杂志上，并不是说小说是我们这个时代的时尚，而是这小说具有当下生活的浓厚气息，尤其是表达了"后七十年代"年轻作者普遍的心态，以及对现实生活的疑惑与感悟。

二月花是一个活跃于网络的年轻女作者。曾几何时，"私人写作"和"用身体写作"已经成为女性写作的一个标签。小说的私人化作为女性写作的一种向度，成为当今文坛女性写作的时尚。事实上这是利益驱动的商业炒作，对于作者个人来说是有害无益的。

二十世纪七十年代的作家作品，在我们的阅读视野里，是一种独特的风景。卫慧、棉棉、徐坤、毕飞宇、陈家桥、朱文颖、李修文……总是带给我们深深的触动与震撼。我们所惊讶的是这些年轻的作家们，为什么会充满了百年沧桑般的感受？他们既没有享受过牧歌时代，也没有生活在动荡年代，但是，他们比五六十年代上过山下过乡的知识青年们更是忧虑与激愤，更是有话要说。

在二月花的小说《三条潜伏水底的鱼》里，我们能看到什么呢？

三个女孩子。三条潜伏水底的鱼。盐（我）与YY、BOBO。水底的鱼儿充满了青春的激情，自由而又盲目。麦当劳、啤酒、打工、音乐、崩溃。一切都是无序而混乱的。一切都是迷茫而无奈的。"我们是繁华大都市的牛虻，偶尔伸出的刺蜇一下都市的皮毛"，可是往往未及张扬自己的个性，年轻的生命就已受到了深深的伤害。所以，YY说：

> 生活中要活得幸福不孤独不是要活得糊涂，而是要学会遗忘和放弃。

二月花在这篇小说中，揭示了这个时代的某种现实。那种痛苦与迷离，使我们看到了这代人的生存状态：那是在生活的重负下，年轻的心灵充满了反叛、不安和焦灼。他们在这个物质化的时代里，渴望闯出自己的生存之路来，寻找着命运的支点和情感的慰藉，所以他们生活得更累、更茫然。水底的鱼儿呼吸得如此沉重，甚至有些悲怆。

生活是没有诗意的，幸福依然遥远。支离破碎的片段，跳跃不安的叙述，使小说具有了毛茸茸的生活质感。叙述者又是小说的主人公，其双重身份的介入使小说的叙述出入自由，从不同的视角表达了作者的倾向。小说的时代特色，唤起我们对于青葱岁月的浪漫幻想，尽管是苦涩的，但带给我们的更是对现实的思考。

迷失的风筝

借助于网络传媒迅捷的优势，网络文学应运而生。

然而，客观地来看，网络文学至今还没有出现可以被称之为经典的作品。即使是被炒得沸沸扬扬的痞子蔡的《第一次亲密接触》，无论是内容还是内涵，都让人失望。唯一可取的，是语言叙述的方式具有新鲜感。如"轻舞飞扬"临终时写给"痞子蔡"的信中所说的："如果把整个浴缸的水倒出，也浇不熄我对你爱情的火焰。整个浴缸的水全部倒得出吗？可以。所以，是的。我爱你。"但是，这样的句子读多了，也让人生厌的。然而，对于方兴未艾的网络文学，或许正如陈村的观点，不能轻视。

任少云的《情感风筝》（文化艺术出版社出版）是一部始发于网络的小说，曾连载于作家在线网、百灵文学网。人民网、光明网、《文艺报》《中国经济报》等网站、报章多次予以推荐和评论。作为嘉兴市的第一部网络小说，它的出版具有一定的意义。

王学海在《文艺报》上撰文认为："《情感风筝》是中年知识分子无法在现实中表达情感与理想的艺术代言。"王学海如是评述道：

> 以一线放飞的思想，突围着时下重利轻义所带来的荒谬稀薄的空气，以心灵的叩问与情感的燃烧，拷问自己和质疑我们眼前这个太讲究实利的世界。

王学海的眼光显然看得很深。他对于作品的充分肯定，使我认真地读完了这部小说。

与时下的网络文学一样，《情感风筝》的叙述基调是缠绵温情的。从中可察看当代社会中的某些表象。文本中丰富的信息量，可见作者的敏慧以及观察力。

然而，无论是从社会道义，还是家庭观念来看，都是不能引起普遍的共鸣与认同的。这部作品显然没有像于连·索黑尔那有力地紧紧控制着德·瑞那夫人的手一样攥紧手中的线，而一任风筝飘忽而去。

所以当情感燃烧的时候，心灵的叩问显得苍白；当风筝断线迷失的时候，拷问与质疑显得无力，无疑削弱了对当代社会的批判与关怀的力度。

从中我们可看出网络文学与传统文学的差距。网络文学中的浅显与浮躁，需要网络作家们共同克服和修正。

曾经读过任少云的散文随笔集《感恩生命》，其中对社会、对文化、对人生的理性感悟，使我深为钦佩。我相信，以任少云的悟性和勤奋，他的下一部网络小说一定会具有更深刻、更独到的社会意义。

"80后"写作掠影

由陈景尧、吕晶、彭永胜主编，民族出版社出版的《花朵消失在时光机场》（小说卷）、《倒数三秒我们一起跑》（美文卷）使用了这样一句醒目的口号："告别80后。"并在书的封面印上了："撕掉80后这张可耻的标签，还原少年作家的本色。"在《别了，80后》的集体宣言中，编者呼吁"以文学的名义"告别"80后"的商业写作，回归真正意义上的文学写作。理性地反思"80后"写作群这样一种风生水起的文学现象，对这一代少年作家的健康成长及其今后的创作来说无疑是有益的。

关注"80后"这一写作群体由来已久。"80后"的概念，相关媒体报道是由长篇小说《无处可逃》的作者恭小兵首先提出的。实际上，始于一九九九年的上海《萌芽》杂志社联合北京大学、清华大学、复旦大学等国内著名高校举办的"新概念作文大赛"就使得这一群体开始"萌芽"了，其"新思维""新表达"和"新体验"，契合了青年一代质疑与叛逆的个性与思想。历届评委王蒙、格非、陈思和、叶兆言等都是国内文学艺术、教育界的重量级人物。现场命题，限时撰文，比拼的就是思想的机敏，写作的才华。首届大赛中的"黑马"是韩寒，他以《杯中窥人》摘取了一等奖的桂冠。这个"大红灯笼高高挂"的高二学生，在文学创作上开始显山露水。他的第一部长篇小说《三重门》于二〇〇〇年由作家出版社出版，少年文章惊天下，其锐利、尖刻的思想，幽默、灵性的语言，轰动了文坛。因为这本书的出版，留级在读的韩寒选择了休学。他以这种方式抨击或者抗衡现行的教育体制，表达了特立独行的反叛个性。

除了《萌芽》杂志社的"新概念作文大赛"外，互联网的兴起，使得写作不再是梦想，也不再神秘。网络写作摆脱了纸质出版话语权的制约，从而使写作成为一种自由的表达。而且，活跃于网络写作的主要力量就是具有文学梦想的青年群体。因此，"80 后"写作群的风起云涌，整体出线，可以说是水到渠成。郭敬明、张悦然、李傻傻、张佳玮、小饭、春树、孙睿等少年作家，几乎在一夜之间占领了我们的视线。

张爱玲说过"成名要早"，对于具有写作天赋的人来说，只要你有足够的才华，成名早并不是坏事，这为文坛注入新鲜的血液，具有积极的意义。"80 后"写作群以少年、青年的视角去感受、观察、触摸青春时代与人生现实，写作形式概括了小说、散文、诗歌等艺术文体。在他们极富才华的笔下，我们看到了青春世界中阳光下的阴暗，月光下的忧伤，色彩斑斓而又个性各异。韩寒的《三重门》从校园生活折射社会生活，其结构与语言颇具钱钟书《围城》之风韵；李傻傻的《红 X》写了一个不满十八岁的少年经历了一次精神与物质的双重流浪生活，表达了青春期的忧伤与恐惧，其叙述艺术显示了自信与沉着；张悦然的《樱桃之远》细腻、典雅、浪漫地展示了青春的迷惘、痛苦并赋予了反思和探索；春树的《北京娃娃》这部自传体小说，描写了一个少女从十四岁到十七岁之间坎坷的情感经历和令人心痛的生活历程，残酷的青春令人伤痛而又绝望；张佳玮的《倾城》从古典与传奇中寻找诗意而理想的人生，在华美而敏锐的叙述中，显示了较深的文学功底。

在二十世纪六十年代的美国文学中出现的杰克·凯鲁亚克的《在路上》、塞林格的《麦田里的守望者》和金斯堡的《嚎叫》等小说，反映的是迷惘、放荡不羁、寻欢作乐等年轻人思想、生活的状态，所谓"垮掉的一代"引发了旷日持久的社会意义与文学意义的争论，在青年群体中产生了广泛的影响。事实上，生活的颓废并不代表精神的垮掉，迷茫的人生渴望灵魂的自由。"我还年轻，我渴望上路。"这是杰克·凯鲁亚克代表那一代人发出的响亮宣言。"80 后"的写作，与"垮掉的一代"的文学现象有着某种相同的传承，具有精神突围的意义，其出色的表现令人耳目一新。

当"80 后"写作群出现后，文学界、出版界与新闻界无一例外地给予了期待、宽容甚至纵容的环境，作家马原、虹影、莫言、评论家白烨等文坛前辈对"80 后"作家的作品作序撰文、热情鼓励。从各大网络、报刊电视到纯文学杂志，到处可见"80 后"的作品、专访等。然而，一些文化人、出版商趁机展开了商业炒作，不惜工本予以包装宣传，强势推出"80 后"。应该说，文学商业化亦有积极的一面，以敏感超前、灵活快捷的操作方式冲击了僵化的出版体制，并获得了巨大的成功。如郭敬明、韩寒的小说发行量达到了一百万册以上，并跻身《福布斯》中文版名人榜，春树的青春形象登上了《时代》周刊亚洲版的封面。然而，商业操作的核心只有利益的驱使，而不会把文学的意义真正放在首位。因此，大量的出版物以文学的名义蜂拥而来时，文学的真正价值已缺失或被掩蔽了。

在名利光环的诱惑下，大量的"80后"写手耐不住寂寞，虚妄浮躁地跟风而上，永不疲倦地复制、仿造出一本又一本似曾相识的青春小说，甚至发生了抄袭剽窃而闹上法庭的丑闻。一些青少年作家因此而丧失了文学创作的真正激情，丧失了对文学艺术不懈探索的动力。在青春写作的幌子下，一些写手把青春的残酷与叛逆无限放大，或者制造与他们人生经历、情感经历并不相符的、充满悲剧色彩的言情文本，更有一些投机的伪先锋作品，他们错把个人的特例当作群体的典型，从而陷入了虚假与虚无的状态。那些痛苦、荒诞、叛逆、张扬的现代气息，有一定的代表意义，但并不具有人类普遍的属性。同时，现场表达的快感与极端的自我意识，使"80后"的作家们故意遮蔽了明亮、诗意、憧憬与希望的青春向度。所谓的以韩寒、春树、郭敬明、张悦然、孙睿等五人为代表的偶像派和以李傻傻、胡坚、小饭、张佳玮、蒋峰为代表的实力派之争事实上是商业炒作的结果，既无益于创作本身，也未必符合这些青少年作家的本意。

文坛需要的是激活与碰撞，而不是商业炒作。因为商业操纵下的文学是可悲的，也永远无法炒作出一部经典的艺术作品来。

文学创作如果陷入世俗意义大于文学意义的泥淖时，便是走向终结的预兆，这使得"80后"风光无限的背后，潜藏着令人担忧的危机。特别需要指出的是，他们的作品并未真正进入文学批评家的视野，市场畅销是一回事，文学价值的认可又是另一回事。"80后"写作群的创作显然缺乏必要的理论引导与理论支撑。如小饭所说的："如果人们印象中的'80后'文学就是传媒所宣布的那样，那是一件很丢脸的事……我一直期待有真正的评论家来关注'80后'的写作，而不是媒体记者。我更需要的是专业的评论。"这种清醒的声音，呼唤专业评论的关注，正是对自身写作的警醒、思考与负责。

"80后"这一概念，无非是一种写作群体年龄段的划分，于写作本身没有任何意义。这不是一种文学思潮，或文学流派。何况，真正的作家并不在意那些眼花缭乱的"标签"，如余华就说过："先锋派是我们八十年代写作时批评家给我们找的词。对我自己来说它并不重要，过去不觉得它有多重要，现在更不觉得它有多重要。"在二十世纪八十年代出生的青年作家中，如李傻傻、小饭、张佳玮、张悦然、恭小兵等人，业已摆脱市场化的影响，对文学创作有着自觉的追求。他们的创作会随着写作实践更趋成熟，他们的艺术视野在人生的感悟中将得到不断开拓。所以，我以为"80后"这一概念，既无所谓可耻也无所谓光荣，既不必迷信地尊崇也不必如临大敌般地警惕。商业炒作的文学现象，诞生与终结不必在意，任其自生自灭。存在是合理的，消逝也一样合理。

然而，对于这样一个写作群体，我们的文学界不能缺席，应该从文学的意义上积极介入，给予他们切实的关怀、帮助与引导，而不能任由商业炒作毁了这一代有才华、有思想的青年作家。我们已欣喜地看到，著有摄影采访《天黑了，我们去哪？》、小说集《洞》以及图文生活笔记《16MM 的抚摩》三本著作的彭扬得到了王蒙、贾平凹、叶辛、白烨等文学权威的高度评价。这个"只想安静地写作"的青年作家，是获得日本村上春树文学奖的唯一的中国作家，同时还获得了中国主流文学的重要奖项——第四届春天文学奖和上海作协的《海上文坛》年度文学大奖。著名作家贾平凹对彭扬如是评价："彭扬的文字清新优美。富有才情的作品洋溢着深厚的经典阅读的基础和对城市文化的深刻思考。"而第四届春天文学奖对彭扬的授奖词称：在"80后"写作群体中，彭扬的写作可称为"阳光写作"，是"80后"相对低沉氛围中的一缕阳光。从中我们可以确信，人才辈出的"80后"写作群体，绝对不是一幕幕"你方唱罢我登台"的闹剧，真正优秀的青年才俊一定会脱颖而出。

对于所有作家来说，正如弗吉尼亚·伍尔夫在《一间自己的房间》中所写的："只要你去写你所要想写的东西，这才是唯一重要的事情。"或许，"80后"这一概念终将消失，但是"80后"写作群的文学写作亦将一如既往。至于这个青年群体的创作成就，在文学这场马拉松式的长跑中，谁辉煌谁湮灭、谁英雄谁狗熊不是一张标签、一番宣言所能定论的。大浪淘沙有自身的规则，谁能成为著名作家、文学大师，哪部作品能成为我们这个时代的文学经典，只能有待于时间来做最后的总结与检验。

后　记

　　一九八五年冬季，我参加了嘉兴市文联在桐乡举办的文学笔会，承蒙朱樵兄的热情介绍，我与余华在笔会上相识。当时，余华还在海盐县文化馆工作，已经是一个在中国文坛开始崛起的青年小说家了。时至今日，依然清晰地记得，在举办笔会的招待所宿舍里，余华与我进行了一次促膝长谈，他谈张承志的小说、史铁生的小说、卡夫卡的小说、川端康成的小说……谈了很多很多关于文学的话题。那是一个北风呼啸的寒夜，虽然屋子里没有空调，但是文学具有了灼人的热度，我感到的是春天般的温暖。在此之后，余华尽管创作十分繁忙，但还是不厌其烦地一次又一次阅读我寄去的习作，多次耐心地写信指导我的写作。当我写了散文《父亲的脊背》后，余华很快回信给我，予以热情的鼓励，并推荐给《浙江工人报》"号子"副刊发表。

　　三十余年转瞬即逝，然而，一九八五年冬夜余华上的那一课，我一直铭记于心。两个人，面对面，我二十一岁，余华二十五岁，他既是老师，又是兄长，那一夜，我是唯一在场的学生。当余华如数家珍地给我讲述经典小说中的人物、叙述、情节、细节……我突然意识到，阅读与写作一样，都是需要天赋的，只有细读、精读、研读，方能有所悟，有所得。而我以前的阅读只是囫囵吞枣，感悟甚浅。那一夜的那一课，正如南宋朱熹说的："所谓共君一席话，胜读十年书，若说到透彻处，何止十年之功也。"

从此以后，我剔励自省，认真读书。

我在业余写作的过程中，之所以撰写阅读笔记，是受了黄亚洲老师的一再鼓动而开始练笔的。一九八七年间，亚洲老师莅濮访友，我向他汇报了写作的现状与困境。当时，亚洲老师认为不一定要挤在小说这条羊肠小道上，建议我向文学评论方向发展。尔后，他又来信告知我："评论这条路，不妨认真走一遭。"时任《烟雨楼》主编的亚洲老师还寄来了作者韦蔚的一篇小说处女作，约我写篇评论。我明白，这是亚洲老师给我的一个锻炼机会，而这篇发表在《烟雨楼》一九八八年第一期上的《匣子里的挽歌》，便是我的文学评论处女作。

就这样，阅读与评论伴随了我的业余生活。

事实上，一直至今，我对文学评论是惶恐不安的。因为文学基础差，理论水平低，所以我从来不敢操作洋洋万言的大部头评论作品——当然，评论文本的长与短不是主要问题，真正难以掌握的要义则是：独到的解读、精细的把握、立论的缜密、思想的高度。我敬佩明末清初奇才金圣叹，他点评古典名著，三言两语，胜过千言万语，其精到独特的见解堪为评论艺术的最高境界。又如余华对福克纳、海明威、博尔赫斯、川端康成、布尔加科夫、卡夫卡、舒尔茨等作家作品的深入解读与文本分析，令我念念不忘，一再品味。

因此，这么多年来我写下的文学评论自忖只是阅读随笔。因为，我的这些文字既缺学术性，又欠理论深度。也有朋友说，读我的"评论"感到亲切，没有学究气，如果真是这样，也算是歪打正着而已。当然，我知道，这更多的是一种鼓励。

无论是文学评论，还是阅读笔记，最重要的前提就是要坚持阅读。我想，阅读才是提高文学鉴赏能力的唯一途径。

杜甫诗云："读书破万卷，下笔如有神。"阅读是作家最重要的一门功课。加西亚·马尔克斯对胡安·鲁尔福的《佩德罗·巴拉莫》读到了"我能够背诵全书，且能倒背，不出大错。并且我还能说出每个故事在我读的那本书的哪一页上，没有一个人物的任何特点我不熟悉"这样一个程度；张爱玲熟读《红楼梦》："不同的本子不用留神看，稍微眼生点的字自会蹦出来。"他们既是优秀的作家，又是优秀的读者。

我自是不具备余华所说的拥有"杰出的阅读天赋"，仅是江南小镇一个认真的读者而已，更不敢谬托知己。然而，面对的阅读文本，皆是师是友，是滋养日常生活的精神食粮，足矣。

我的精神食粮很杂，是杂粮，也不怕消化不良，因此，阅读选择上既没有系统化，也没有专题性，小说、散文、诗歌、文学理论，包括中外哲学、网络文学，我都怀有极大的兴趣去阅读，去探究。一边阅读，一边札记，以此深化对文本的理解，抒发对文学的感悟，有话则长，无话则短，有时能侥幸说到点子上，有时则不免流于浮谈，其间得失，我心自知。

感谢阅读！我对于文学艺术所有的点滴心得，或者一知半解，都是来源于长期以来坚持的阅读。而阅读过程中取长补短的解读与分析，又诱发了我的创作欲望，如对小说、散文写作的不断尝试。

在这样一个知识大爆炸的时代，能够沉下心来做一个认真的读者，浸润在书香世界中，当是浮生快事。

是的，一卷在手，只有迷了心，入了神，倾注了情感，阅读才会鲜花盛开，色彩斑斓。一书一文，使我与旧雨新知不断地邂逅，相逢相知，阅读之喜正在于此，人生之乐亦源于此。

汇集、检点六十余则小说阅读笔记，简繁不一，参差不齐，皆我三十余年间阅读历程及心境所化。今结集成册，以文归类，书分四卷，以此纪念往日沉浸于阅读小说的时光。尽管，我只是站在文学殿堂门外遥望小说风景，但那种美好与喜悦的感觉，却让我始终念兹在兹，难以忘怀。

少年时代人在乡村，除了课本，我读到的第一部小说是印度作家拉宾德拉纳特·泰戈尔的《沉船》，一个不幸沉船的事故，展开了一个戏剧性的故事，使我少年的天空里充满了绚丽的幻想——我想这就是小说的魅力。许多年以后，我重读了《沉船》，久别重逢，依然美好如初。

相遇过无数的小说，古今中外，长中短微，无不令我迷恋其中，庸常的日子因此光华氤氲。

阅而有所悟，读而有所得。遇见小说，真好！

于癸卯初夏，阳光正明媚